彩虹

张贺洋 著

河南文艺出版社
·郑州·

图书在版编目(CIP)数据

彩虹/张贺洋著. —郑州:河南文艺出版社,2018.3
(2022.5 重印)

ISBN 978-7-5559-0664-3

Ⅰ.①彩…　Ⅱ.①张…　Ⅲ.①中国文学-当代文学-作品综合集　Ⅳ.①I217.2

中国版本图书馆 CIP 数据核字(2018)第 044045 号

出版发行　河南文艺出版社
本社地址　郑州市鑫苑路 18 号 11 栋
邮政编码　450011
售书热线　0371-65379196
承印单位　河南龙华印务有限公司
经销单位　新华书店
纸张规格　890 毫米×1240 毫米　1/32
印　　张　5.875
字　　数　105 000
版　　次　2018 年 3 月第 1 版
印　　次　2022 年 5 月第 2 次印刷
定　　价　42.00 元

印厂地址　河南省获嘉县亢村镇纬七路 4 号
电　　话　0373-6308298

自序　文字随心

曾有人问我：你为什么喜欢写作？

其实这个问题不好回答，也许是与生俱来的感觉，也许是一种强迫症吧。不过要是非让我追本溯源，就真的说不出什么了。

闲来无事时，总想拿起笔写点什么。特别是在现如今这紧张的形势下，奋学之余，得空便想洒点墨。有时候我觉得这已不能说是心愿，或是一个简单的小想法了。它是一种欲望，一种如火般烧灼，如急流般奔涌的欲望。大脑顿生灵感，便说什么也得记下，纵然有时零碎不成篇。到了真写的时候，这颗心就像磁铁吸着我的手，让它不自觉地按心中的蓝图，将一行行一列列汉字排兵布阵。写完恍若隔世，方才的灵感已逝，但眼前群蚁排衙的纸张，成了唯一的线索——我想这就是答案。

我们活在这个世上，有时确有为他人、为别事别物而活之时，但请相信，凡生命无不是独立的，它既然具备了存在的条件，则必有其意义。换句话说，人应该为自己而活，为自己而奋斗。人的精神本源在何处呢？在心。心是最真实的自我，世界万物都能骗你，唯独它不能。因此，你的心决定你的方向、你的未来。你用数理公式装填它，它就如一台永动机，带动你的逻辑思维不停运转；你用美术学点染它，它就成了一幅美景画，时刻带给你美的享受。总而言之，你给它什么原料，它就加工成什么样的产品。而我给它输入了更多的文学成分，这样，我就能用文字载着我的一点思绪，或自酌自赏，或拜读经典。这就是灵感的来源。

我并不是在赞颂自私和个人主义，更不是含沙射影。文学是全人类的财富，这无可否认。不同的人用不同的方式行使自己的财产使用权：奉公者讴歌社会，归隐者赞美自然，有志者拥戴正义，济世者寻求光明，无不是一种诠释。但我觉得，以上一切，无不是随心的体现。世潮人势可以违背，心不可以违背，自己的初衷与看法应是坚定的。我写作从来坚持为心而写，尊重自己的感受，不怕标新立异被当靶子。

其实自文艺复兴以来，随着人文主义思潮的蔓延，世界的文豪们也信奉这一点。透过《麦克白》《李尔王》，你看到的是莎士比亚对那个时代的评价；但丁写《神曲》《飨宴》，也不是为哪个人的意志而写，而是用他自己的心反映着中世纪的一切。近了说，鲁迅、胡适、巴金、沈从文、余秋雨，哪一位不是写自己的心的？倘使文字出于某人某事强加意志，或被威势所逼无可奈何，那请诸位看了，这一定长不了，断然要被时代降解的。李白的诗众人皆知，大家会吟“床前明月光”，晓得“仰天大笑出门去，我辈岂是蓬蒿人”，也能背出“安能摧眉折腰事权贵，使我不得开心颜”，可再去问问，有多少人说得出他在天宝初期奉诏写的那些粉饰太平的诗歌？所谓经典作品，无非就是从名家的心里来的。黄遵宪就有“我手写我口”之说，而我在拥戴他的同时，也画蛇添足地加一句：“我口明我心。”

年方少，自然涉世未深，有时我会幽闭在自己的一个小圈圈里，思想如同酒曲般发酵出一点想法，当然亦有叹己悲时之声。不得不说有些思想在外人看来显得可笑，想必多年后的我也会如此觉得。由于我尚缺阅历，所想不过浅显之词，穿凿而苍白。然而我当下之储备不过尔尔，便不奢求有什么惊世之言。内心所有，将其搬到纸上，如是而已。

我也是初尝文学这坛千年琼浆，未解其味，尚不得真谛。因而只算是搬弄几个文字，用它们记录我几年来的心路历程，从无知懵懂到渐蜕成蝶，这一点一滴都是弥足珍贵之物，几十年后再览之，所感或许又异。因此今日我将自己的数篇拙作斗胆亮相，请诸位浏览评议。溢美也可，戏谑也可，无谓也可，针砭也可，都无妨。人总在成长，文字也需锤炼。在众说纷纭之下，我将寻觅那来自心中最本真的情思，用以练就我的文字。

就是这样了。

2015年6月15日于郑州中学

目　　录

第一辑　诗词篇

第二辑　辞赋古文篇

第三辑　散文随笔篇

第一辑　诗词篇

言志四首

其一

龙啸天阙开，
凤鸣金门锁。
来如千条瑞，
去似群芳朵。
少年正是时，
纵横竟未可。
愿将平生志，
誓举燎原火！

其二

北风凛凛霜雪寒，
秋叶簌簌度玉关。
壮士敢言非空许，
鸿雁浩渺隐天山。

生前身后名几何？
昨日今朝景空阑。
只待金鼓声喧起，
弹剑作歌跨征鞍！

其三

舟行辽海上，
欲从北国游。
夜尽红日升，
海阔暮云稠。
桡楫破巨浪，
横剑夺清秋。
万里行亦远，
未若觅封侯。

其四

韶光令序亦待言，
长河悠悠没晓天。
壶觞欲饮悲秋色，
庭树几落伤春缘。
故国日薄斜晖里，
今世梦萦锦帆边。

愿得精卫千年志，
也应沧海作荒田。

对月咏怀

簌簌金风夜，
皎皎玉盘月。
一心言未尽，
三年愿难灭。
志如天地广，
情似浓酒烈。
何期振翅翮，
一举到天阙？

蝶恋花·元日书怀

望断天涯终无路，
梦锁黄昏，
无奈斜阳树。
日长向晚归何处？
独影阑珊依草木。

谁家笛声似衷曲，
晓月沉沉，
惊破沧海雾。
紫泉烟霞终入土，
一世芳华百年度。

猛虎行

锐勇一身转山林，
锦斓白额耀日金。
初生未知天地广，
长成更觉藏兽心。
秋水潺湲林更肃，
春花缤纷草愈深。
气血方盛心犹壮，
声威初显志凌云。
虎啸一声谁敢当，
百兽惕惕俱狼忙。
环眼怒视生风雷，
飞爪疾过起电光。
势如飓风卷残云，
雄似锟铻斫衡钢。
扫尽山渊无敌手，
武威称作兽中王。
坐拥山川无以念，

百里河泽谁家甸。
日没日出未觉已，
年尽年始忽不见。
筋骨渐衰身将老，
威风日敛心已倦。
不见当年山中虎，
唯闻此日长哀怨。
斜阳残照天将暮，
槲叶落花满山路。
一世名威终已矣，
半生运蹇归何处？
豺狼来戏却奈何，
狐兔哂笑空怀怒。
怅叹终老此身殒，
眼前零落飘红絮。
休将琼枝作烟萝，
人事易老终落寞。
纵有繁华一时兴，
垂暮方知万事错。
芳尘荣辱随风散，
沉浮兴亡梦里过。
劝君但惜盛年时，
志贯平生得永乐。

咏梅二首

其一

寒烟冰雨入梦萦，
花开雪落却无声。
一世落寞芳尘远，
半轮晓月对孤城。

其二

湖月初晓天欲白，
雪满枝头竟尽开。
红日寂寂无人过，
北风凛凛送寒来。

元日

骈驾出金门，
今宵万象新。
九州共辞岁，
四海喜迎春。
月明映雪色，
风清动星文。
聊作天涯时，
共度此良辰。

月夜北望

日薄暮云稠，
伤时欲悲秋。
明月万里照，
故土三载忧。
西行志未已，
北望恨怎休。
还将旧时泪，
遥寄漳水流。

三月八日二首

其一

偏道古来须眉语，
岂知世间有巾帼。
草堂平分数洪度，
社稷将倾出贞德。
繁叶无花何人羡，
红日有月几时多。
且看青史简篇上，
数问天地复如何！

其二

秋思画堂云屏开，
怨心不满新月裁。
本以门内千日好，
谁道闺中百事哀。

鸟入樊笼对铜镜，
鱼陷网罗拔金钗。
而今天下景已别，
日出不觉天欲白。

偶书三首

其一

环镇五岳皆灵峰，
华泰两极嵩当中。
历历千年岩扉明，
欲将一身秉长空。
云霓灵运忽已矣，
天假神柄专其雄。
未见旧时衡岳客，
还道今日黄山松。
忆我昔作中岳游，
去时连阴无清风。
盘古巨斧拦腰斫，
仙丁霹雳镇西城。
登阶忽见少林宇，
凛凛虎踞盘卧龙。
但得圣明知我志，

何以菲薄明其衷。
春山夜月春江景，
酒祭天地难为功。
残梦微雨天未晓，
暮霞夜望云微红。
拂案秉烛难尽意，
不觉当帘明玉弓。
空吟元振《宝剑篇》，
一身羁泊无太穷。
想当昔日鸿鹄志，
到此空自逞英雄。
百鸟当空上下翔，
唯此剪翎使樊笼。
高阁月明星忽动，
一本传元终返宗。
磬鸣钟动天欲曙，
回首不觉寒日东。

其二

云霏连阴扫不开，
独影寒窗几徘徊。
庭前零落无闲树，
残花朽木空自栽。

九霄冥冥无形迹，
天庭人间百轮回。
欲济天地感何事，
空怀血志恨吾侪。
九鼎艰难想嬴荡，
三仙缥缈望蓬莱。
魂游昆仑玉虚远，
十绝河济封神台。
远眺云水空渺渺，
还如孤雁独自悲。
伤心寒塘秋草里，
日暮阴雨笼云霏。
锟铻古来应少有，
干将锻剑血染衣。
马行千里少伯乐，
鸣之无道见昌黎。
天公应知今何世，
犹自寂寂无风雷。
既知无路却何往，
休言满腹济世才。
我欲披书心未宁，
故垒萧萧总堪哀。
人之得道天有命，
空言而去复还来。

万事苦营良不易，
一朝功业顿成灰。
空吟归辞世不济，
还向亭台观翠微。

其三

古来志士更何求，
剑掠西风忍便休。
鸿鹄无妄九天上，
漫将烈情冲斗牛。
易水击筑应有恨，
丹墀血染空奇谋。
此身堪报既未已，
留得忠灵傲王侯。
纡计三分卧龙虎，
东南江海起帆舟。
鼓鼙声震江山碎，
戈指荆襄敌曹刘。
舟师横过威先振，
铁骑纵驰水逆流。
洞庭烟月孤城在，
谁知割据起仲谋！
掩卷长思竟无语，

念己才施何无由？
常观古往今来事，
孤灯相伴寒月秋。
卷尽每有千般愿，
未见其喜但见忧。
才英自古应常有，
却无同者似吾俦。
起身信步庭院外，
遥夜如水月如钩。
松柏灵趋一径里，
野芳繁秀万点稠。
北斗千载今犹在，
佳梦一世去未留。
断简数篇残章里，
抚今忆昔叹高楼。

甲午二十首

其一

丹霄鹤鸣九重天，
烟锁尘暮思华年。
虎落平川无人顾，
唯见西风笑旧缘。

其二

采得天地称铁英，
火煅水淬此日成。
堪笑镆铘今已逝，
却把工布作青锋。

其三

风尘飘离漫江流，

百艳争春今已休。
一叶沧海蓬莱远，
孤帆何时见日头？

其四

苍峦重翠逸兴多，
秋水潺湲春水波。
君看古来山林事，
缘何红尘受网罗？

其五

曾言管乐有后身，
孤凤展翼十余春。
不知力竭心未报，
空作南柯樗栎人。

其六

北顾月影佳期长，
寒鸦声断入斜阳。
回首苍山竟落寞，
云烟生处水茫茫。

其七

天涯明月欲出鞘，
清辉寒影霜雪照。
斫却西风孤月影，
看取魑魅刀前笑。

其八

生余残生死亦死，
但觉薄幸人轻恣。
不为身后万载名，
空将利刀断寒水。

其九

唐寅称才名亦高，
徐经何为竟作嘲？
可知运蹇时有错，
磨损胸中万古刀。

其十

鼙鼓声震动江山，

吴钩剑去久未还。
悲秋宋玉值何用?
幽栖山林独闭关。

其十一

烈情永怀啸金乌,
纵影日月亦何殊。
今朝莫叹今朝短,
一时名盛岂成书?

其十二

龙潜九地鳞爪消,
鳅鳝群舞性亦骄。
但得一日东风起,
便作四海百丈涛。

其十三

人言我与世殊科,
不知尘世缘几多。
靖节名留青史上,
欲话今生奈明何。

其十四

冰消云霁昨日春，
冬雪落叶竟归根。
北望烟尘旧时月，
奈何归雁不趁人。

其十五

常道鲁璠世所稀，
不知紫石应更奇。
强中更有强中手，
劝君明世莫自欺。

其十六

数载朝夕今日别，
冷月无声照云阶。
莫道万里迢递远，
前世今生总相携。

其十七

千帆竞渡逐洪波，

霄汉万顷若天罗。
坐等鲲鹏笑斥鹦，
不觉明日已无多。

其十八

几度春秋复冰霜，
何事倚阑对斜阳？
朔云方起天欲暮，
北望漳台是旧乡。

其十九

此日端午吊屈平，
汨罗水阔恨无声。
欲就青天啸沧海，
莫捐忠魂作鱼鲸。

其二十

闲吟庭间时咏怀，
或言其喜或言哀。
聊作此中二十首，
喜忧皆作一处来。

生有所感，进有所忧，既为红尘之客，则必有感极伤怀、抚今忆昔之念，其间或喜或忧，皆为一时所感，因题数句，辄记之。甲午岁四月也。

五月十一日作

寒塘秋草里，
孤雁落霞深。
极目新晴望，
因念堂中人。
十年多疾苦，
得无乐天伦。
白日多怅思，
夜梦常牵魂。
此日既有分，
致此度佳辰。

春酒行

古来皆言恶为酒，
我今欲与世相剖。
宴奢长存金樽贵，
愁来杜康亦解忧。
更有年始春欲近，
万家乐此何言愁?
肴馔鱼隽作盛筵，
八宝合此入醇酎。
兴至甘来情自溢，
苦尽余醇须五斗。
君不见浮云柳絮无根蒂，
长成犹忆门前柳。
芳草年年今又昔，
故园迢迢谁复有?
常道家醅今难尽，
酒不醉人人醉酒。

鹧鸪天·望月有感

长星渐隐残月红，
一去经年画堂空。
梧桐叶落三更雨，
兰台日满六月风。

横戈戟，
挽雕弓，
谁为伊人叹未穷。
若是晓明天又霁，
定教此心与君同。

小松

刺荆纵斜出新苗，
过眼一望尽蓬蒿。
争春百艳景如画，
傲霜独枝雪似刀。
志有凌云换旧日，
情贯寰宇望今朝。
何人识得此良木？
绿荫华盖始称高。

离任后

我欲悲秋恨无期，
生来会是几多时！
毫锋过处志常有，
砚墨挥时誓不回。
岂因位极便思隐，
正当荣盛讵言归？
不见文正青史上？
梦断他日空自悲！

余任副班长已半载，受任以来，未敢一日不竭驽钝之才，效滴水之劳。而今群雄逐鹿，正当争锋之时，为有昨日之誓，当问鼎天下，故而上表，自请离此高位。准之，遂作此明志。甲午秋九月也。

咏史三首

其一

汉家失鼎鼐，
四海见群英。
国倾纲纪废，
奸雄弄庙廷。
身作帝室胄，
长从韬略精。
愿将身与志，
兴世久承平。
汝南破竹日，
阵危不知兵。
复有穰山失，
愧颜向禁城。
新野少驻时，
问说卧龙名。
三顾敢倾胆，

驱驰见忠诚。
潜龙方入海，
鳞张欲飞腾。
江口见兵燹，
荆襄闻鼓声。
沃野三千里，
川中古有名。
长驱虎贲士，
略地复夺城。
三分天下计，
虎狼欲相争。
托大失岩阻，
便起倾国兵。
东征扬锋日，
龙旗在猇亭。
何期复有失？
悲风满夷陵！
千古兴亡事，
许谨莫许争。
志当扶天下，
何为惜一城！
流水不得住，
往事皆随风。
掩卷每长叹，

艰难欲伤情。

其二

李唐非永世，
末年起狼烟。
全忠岂有忠？
国祀不得延。
群英生四海，
五朝续中原。
戈矛满九州，
生民何多艰！
塞北铁骑鸣，
榆关望幽燕。
儿皇献诸郡，
史册遗万年。
北地无险塞，
中土有烽烟。
十国未归附，
天下何加焉！
虏骑每南驰，
猎火照阴山。
飞将今已逝，
谁复守雄关？

少主挟锐士，
志在旧山川。
大纛立云中，
雄师镇太原。
复国显胸胆，
铁马过关山。
兵威连宁海，
云阵上祁连。
河北征未复，
人势不胜天。
壮志从此泯，
紫微陨中原。
古来青史上，
皓月难长圆。
纵有英雄志，
恨天不假年！
乌兔总无情，
改尽旧江山。
千载云烟后，
留诸世人看。

其三

武王破殷鼎，

肇开两周基。
鹿台烟尘尽，
镐都紫云飞。
封疆安黎首，
开边抚四夷。
传业四百载，
一脉原姓姬。
烽火满骊山，
犬戎破藩篱。
中土若天星，
完瓯正无期。
方见晋斗楚，
又观燕破齐。
风云忽已转，
何以为烝黎?
关中有命世，
自古居西陲。
不闻春秋事，
乃以身相跻。
剑扫浮云散，
雷动九州齐。
真主含天宪，
自命始皇帝。
权业奠成日，

骄心未止时。
骊陵犹未就，
又见阿房出。
涉本戍边役，
一呼应者集。
函谷克日举，
宗庙一时隳。
观夫青史上，
民本天下基。
离乱思静养，
初定当生息。
继彼戾政后，
不令有衣食。
尘湮人已去，
渭水日迟迟。

青玉案·秋怀

折却桂枝思无数，
恨总逐、
东流去。
小笺题字寄何处？
风月依旧，
桥阑倚遍，
不胜相思苦。

秋云暮霭黄叶路，
漫将伤怀题新句。
谁为锦瑟抚一曲？
朗月不谙，
落花未住，
梦回三更雨。

蝶恋花·自勉

一江秋水连晓暮，
才见东升，
又见日逐去。
星河千转总无绪，
望断九天知何处？

春光日长花满树，
韶华不待，
更有六月雨。
散尽残艳飞光促，
佳年令序应有数。

拟行路难

坎壈人有之，
茫茫天数不可期。
关河梦断有时尽，
黄龙无功缘数奇。
信知崎岖莫致远，
路长日落暮霞飞。
曾道今日堪行否？
世慵人困心恹久。
何处觅得紫虚宫？
只今情在白门柳。
志将人世扶，
问说路本无。
心远路自宽，
莫教空踟蹰。
天无绝，
地有合，
生来休言路几多。

君不见飞光催流水，
至今空自余悲歌！

鹊桥仙·写情

萦带初明，
微旭侵晓，
寒烟芦荻泣露。
渺渺情思愁予怀，
又可堪回首相顾？

风华不待，
两心未长，
佳期只争朝暮。
桂枝香消一水间，
流不尽此恨无数。

清平乐·国殇

国耻未朽，
余晖祭残酒。
百年飞光曾相守，
堪问此日忆否？

铁蹄踏碎江山，
战旗血影形单。
东流难尽一恨，
而今再望尘寰。

诉衷情

流春不念旧时情，
染遍瑶草青。
今夜梦回何处？
孤枕对残星。

志未决，
恨犹生，
雁阵惊。
楚天空阔，
离群万里，
月冷风清。

定风波

髻鬟水潆碧螺青，
湖光云色隐复明。
闻说旖旎须高处，
微雨，
潇潇吹断马行声。

一山风云忽不定，
未省，
杲杲天霁日复生。
高台巉岩险峰路，
莫惧，
幻象千转志难惊。

临江仙·子夜惊坐有怀二首

其一

月华微溢入孤牖，
漏断小案初惊。
梦尽千言恨不成。
白纸空无迹，
炽心有余声。

斩断情丝应无觅，
遥夜如水空明。
文翰钟吕绕梦萦。
纵有一腔恨，
宁绝作书生！

其二

东渐日转英华逝，

断梦微雨残春。
野径依稀草堂门。
一阕烟树晚，
半城暮霞深。

醉后心知无多事，
月华如水空沉。
昔日飞花满乾坤。
世间羁旅客，
天地往来人。

忆山行

尽道五岳作灵峰，
罗阵扶摇护碧空。
巨斧应自震寰宇，
峨峨四面嵩在中。
中土历游驰漠北。
谁向九州论英雄。
山势据险卧边陲，
水流百回绕疆穹。
新月青青笑万古，
觅得匈奴当年踪。
我来正值仲夏时，
北地云蒸无清风。
锟铻难斫高崖险，
盘古如知合无功。
高台一片连青天，
云绕翠鬟雾朦胧。
步登险路更无惧，

欲上绝顶览碧峰。
湛湛明镜复百尺，
历历青山又万重。
楼接凌霄行人杳，
山环水镜逸兴生。
闲吟楼外更青山，
湖光万顷入广胸。
梦回山雨天复霁，
而今绝顶谁能穷？
信知崎岖难致远，
万般风情在险峰。
笔下千言说难尽，
过眼万卷竟成空。
伏案不觉天欲曙，
回望金乌生于东。

赠雪

居久未曾见，
今日临斯门。
玉屑喷太虚，
银光满乾坤。
星华付梦影，
穷年是此身。
愿将炽心掩，
勿使贻后人。

杂诗二首

其一

常言腾蛟锁红尘，
忽惊今日是蝮身。
赝鳞耀日终期尽，
冥雾成云作隐沦。
旧时松菊荒无迹，
梦里杨花犹自春。
一纸乱言何足道？
聊为谈资飨后人。

其二

心驰神作梦里游，
古今历遍说中州。
冲云漫展燎原气，
纵横正是俊采俦。

星寐随幻已陈迹，
金乌奏刀犹未休。
待将沸血逐波掩，
兹绝来生一钓钩。

大鹏

振翮一怒冲云霄，
风旋碧海百丈涛。
太清无光日色薄，
风卷残云一时消。
九万里风且休住，
为我适将南溟去。
南溟茫茫不可及，
征心渺渺空回顾。
林烟初散夏日长，
尘雾暗淡霾天光。
翼薄风息应无力，
空谷吟啸复有伤。
愁音戚戚叹悲途，
怅恨世事今已殊。
寒蜩朝夕成何物？
犹自戏谑力不余。
血尽音穷心未死，

复击烈风三千里。
风定一日虽下来，
尚能覆尽南溟水。
念彼遥遥心恹久，
余情犹在白门柳。
苍茫无地哪可顾？
家山万里空回首。
凛凛西风作战云，
奋威赢得后世勋。
君不见飞光催情胆，
至今犹忆武安君！

临江仙·车过彰德偶书以寄

水縠微起傍垂柳，
别恨一如灞陵。
纵无烟笼共雨声，
细草摇碧岸，
犹似诉衷情。

别君去日携英华，
豪襟满盈西风。
焚心沥血书虚名。
何日饮漳水，
共汝话平生。

破阵子·居庸关怀古

巉岩势障六郡，
雄关威震三河。
烽火千年被冈峦，
长城万里遍干戈。
边庭尚未和。

贫则独安一隅，
盛则恩济万国。
可叹千古兴亡事，
化作秋水送枝柯。
梦里繁华过。

题清华园

桃李荣千载，
清华独扬名。
自强无怠满，
报国有群英。
忆昔辛亥岁，
离乱国欲倾。
又逢抗战苦，
三校志成城。
冥冥黑云散，
熠熠彩霞明。
建国更思远，
济世永怀情。
一朝竟何待？
超然托此生。
至今古堂边，
繁花共月明。

登长城

往事随风已成尘，
至今犹听说隐沦。
略地攻城志未了，
斩将搴旗不顾身。
长城雄浑骨作基，
居庸恢宏血铸门。
古来繁华能几时？
千秋功过留后人。

过骊山兵谏亭

首义未见四海宁，
何事逆天动刀兵？
渭水长流狼烟起，
秦岭连亘干戈生。
未求一身荣和辱，
但得九州安与平。
勇趋诚为天下计，
千秋义凛说英名。

四月六日象湖泛舟

云销彩彻春更佳，
百草争辰景物华。
象湖水暖游兴起，
筼筜笋出东风斜。
平波滟滟水鸟浮，
丽日杲杲归雁发。
闲客逸兴湖光里，
陡觉万事应有涯。

再经龙湖

瑶草碧凝烟，
去时是芜田。
月隐闻促织，
日上啼杜鹃。
别来金秋夜，
倚望白云天。
莫临此水照，
怅叹旧时颜。

清平乐·观鱼台

云霁日晓，
莫道前路少，
高处方知景独好，
不堪过者渐杳。

楼外更有青山，
千仞直接广寒。
湖光万顷入眼，
借问何处尘寰？

登红山

风尘飘离一水间，
独倚亭台望江山。
越甲三千终入土，
忠魂万里且未还。
家国漫有今生恨，
冷月空吟昨夜寒。
守疆真有英雄志，
一曲长歌出乡关。

永遇乐·题中哈边境五号界碑

江山万里，
谁人曾见，
梦魂归处。
千载英风，
横戈驻马，
北望胡尘去。
情贯三军，
志在西疆，
仍见天山旧路。
忆昔时，
谈笑帷幄，
决胜千里破虏。

百年一梦，
今朝回望，
不觉日月飞度。
怅恨犹在，

谁见昨日，
英魂绕甲午。
国有千秋，
家有万世，
精诚更如太古。
人道是，
浪里飞舟，
东隅之虎。

黄埔军校

江山多罹燹，
锐士当执锋。
残阳映孤胆，
寒月照双旌。
两桥忠魂驻，
东江烈马鸣。
至今旧墦上，
瑶草仍青青。

题黄河

尽道风尘是此河，
千年不减旧时波。
长城北枕秦关险，
虏骑南驰血刃多。
雄州凛凛如雾列，
俊才熠熠若星罗。
只今唯见东流水，
曾将金乌日夜磨。

蝶恋花·励诸同人

红日初晓照碧树，
此心朝阳，
骁锐何所惧？
莫言此行迢递苦，
壮志正当少年诉。

长河粼粼天涯路，
指点江山，
英雄无觅处。
百里驱驰骏若虎，
勿等苍山尽迟暮。

虞美人·题花园口大堤

昔日披书案欲朽，
玉弓明孤牖。
而今方始足下行，
少年锐志一展见群英。

良骏何惧路百里？
长啸东流水。
洪波起处卷秋风，
天下万事尽作谈笑中。

临别赠冯凯导游二首

其一

一夜清辉半日寒，
怅叹今朝别燕然。
心随明月千里望，
留得青山永驻颜。

其二

一别桑梓万里游，
志在关山五十州。
今日逢君愿已满，
此生茫茫复何求！

临行赠霍明昆

数载别离间，
一朝出乡关。
玉龙障塞北，
鸾凤镇漠南。
有志当远游，
无谋驻青山。
令誉载归日，
与兄同言欢。

赠诸男生

沧海万里望，
一览竟成空。
长虹贯天地，
冷月啸清风。
言将五岳志，
心作九鼎同。
男儿意如此，
四海可称雄。

浪淘沙·赠杨千钰

风华众人称，
天资通灵，
笑等明日作鲲鹏。
才广德具人称羡，
尽日扬名。

感君学有成，
不负此生，
言过今日犹飞鸣。
一望漫山无颜色，
春过柳亭。

余尝于是年一月二十日因会试失利而长叹，嗟此生无用矣。然有杨公赠言勉之，并嘱余尽力而为，必有所成。感此，作是篇以怀。

永遇乐·赠2014届九年级诸学长

得由天幸，
梦由心生，
志若鲲鹏。
笑对苍穹，
雄踞只待，
驱驰报国情。
横戈长驻，
檠戟遥临，
江山梦魂常萦。
望西京，
虎踞龙盘，
纵横多少才英。

百日砺已，
一朝功成，
名冠京华人称。
人见今日，
哪知平时，

寒月伴孤灯。
凤返九天，
龙入太清，
静听长空雷鸣。
既有此，
骁骏无匹，
真堪今生。

余尝闻校之英才皆出于斯，又闻是届七人入围西交大，甚幸之，自愧德才俱未胜之，然其誓犹在，不可谓之颓也，因有是作，赠之以勉己志。

答王宬哲

炎瘴末路不可期，
谁言红尘总相违？
仲永生就灵异日，
孙敬悬梁未眠时。
昨日秋山玄猿啸，
今朝黄河铁马嘶。
千帆竞渡洪波上，
砺己从今勿复疑！

彼尝言己之无力也甚，庶几为会试之颓耳。余欲勉之，作此以贻。又逢其辞校远行，或不可再会。故此篇聊为临赠也。甲午之五月。

忆王宬哲

云月无声，
逢君远行。
河桥未送，
江树含情。
同侪有谊，
折柳吹笙。
沧海之外，
再无相逢！
情切意伤，
乌鹊北翔。
天涯知我，
地久日长。
即今永别，
复得同窗？
相去渐远，
凭栏以望！
怀君昔时，

苦烈正兹。
雄姿人称，
风流天奇。
怀才欲展，
壮志欲施。
今日一去，
谁人复知？
怀君昨年，
频梦魂牵。
时人皆笑，
此生独捐。
励己功成，
欲入九天。
明日如旧，
安述前缘？
怀君相容，
常展心胸。
众人俱哂，
一身未穷。
平日相乐，
或对西风。
可叹今生，
无与君同。
怀君助人，

不惜此身。
常问冷暖，
或为牵魂。
彼其逢君，
三冬如春。
奈何天下，
更无知音！
惜乎痛哉，
友朋已疏。
荏苒千载，
此情怎除！
愿君安好，
长忆故土。
莫学子期，
绝弦以渎。
此生相忆，
不待朝暮。
旸隅两望，
落月江树。

彼辞众远行，知此生不可会焉，然则二载之谊，得无相忆乎？余众人常念之，又逢应制作文以怀，因有是篇，甲午之五月也。

江城子·和李润峰

骕骦频嘶鼙鼓重，
寒月弓，
霜雪锋。
横戈纵胆，
独骑捣黄龙。
敢教青史存忠烈，
问天下，
几人雄？

长啸一声贯苍穹，
九鼎事，
谁与同？
弹剑作歌，
此心至云中。
欲报家国十年意，
今生志，
且从容！

鹧鸪天·敬赠2014届诸学长

三载与共亦经年，
此日何事俱流连。
佳期如梦水中月，
韶华似锦卷里笺。

天下事，
此后言，
别时离愁恨无边。
不堪日迟苍山暮，
缘何月满人未圆?

与张亦炀

明月隐高树，
天河没晓星。
一轮红日照，
万里通衢明。
锟铻新见世，
干将初发硎。
今朝相望久，
余生莫伤情。

此庆其生辰之作也。

2015年1月5日

永遇乐·寄赵婧冉学长

东渐有情，
草木复春，
熙熙中土。
十年若梦，
一朝回望，
腾蛟起凤处。
情纵万里，
彼岸芳草，
离思不绝如缕。
忆孤牖，
残星旧梦，
小园三更秋雨。

德才如斯，
通衢毕幸，
勤勉终绝今古。
人羡平生，

那堪秋月，
春风等闲度。
流光已逝，
故园犹在，
浮蓬尚有根土。
愿莫辞，
志将平生，
江山永固。

敬吾师二首

其一

从来言谆意，
有德未让先。
夜语四更后，
晓驱三尺前。
受传应无愧，
敬恩不待年。
纷纷归人去，
谁复守园田？

其二

滴水尚有声，
桃李复争荣。
归帆印北月，
流舸载南风。

绩星存夜影，
俯仰正日中。
虽尽满心愧，
难报意万重。

第二辑　辞赋古文篇

濂玉传

濂玉者，河南安阳人氏也,姓张，双名贺洋，字濂玉。幼时好书，尤喜鉴往，不求甚解，常一目十行，一日可览书数卷。所得书义，常熟于胸，故少时即能道古今事也。及年稍长，多读古赋诗卷，偶有所赋，即记之，未解古贤真意，而文理俱略有可观者也。不以稍闲为安，常怀鸿鹄志，自恃胸中才学，虽时而傲世，而未尝一日去其本意也。心欲展其才，不堪居下。时人曰："子何如此！高者愈寒，愈得巅峰而山愈狭，纵得一时攀上，凄冷交加，愈生险恶，进则忧己，退则遭哂，何不若耶！"对曰："君知其一，不知其二焉：梧桐高，唯鹓鸰堪栖之；沧海深，唯蛟龙堪居之。今之人固有志，然临高山而畏巉岩，望深溪而惧急流，常缄其口，或束其足，心有愿而不敢行之，若昌黎笔下之马，安求其能千里也？故欲成大业，必先敞其胸胆，尽示己能，不畏谗讥，勇锐敢争，方不负此一生之学也。"其言若此，诗文多示之，砺己脱俗，未负其志也。

赞曰：南地有鱼名鲩，递年顺江南下，抵一湖，名孔雀湖。其间千里之遥，况有猛鹰人狩之属，然终不改。其与彼相若也。欲成大器，不畏人指，不畏路险，虽有一时傲才，然其志未可灭也。路远而任重，便得沉沦一世，此心光明，亦曷可掩哉！

韩颖传

韩颖者，开封人氏也。少颖悟，欲为人师。尝与邻人之子作教，其子心弗专焉，辄叱之，曰："少为盛时，如新苗初生，而不汲霖雨，不浴东风者，何也？且蚓之食黄埃，饮黄泉者，盖为心一；尔有此躁，用心不一者，其奈人师何！"邻人之子弗敢应也。

既长，师于郑中。为师凡十有三载。时壬辰秋九月，苦烈已毕，众人既集，乃言："有缘者千里来会，诸君自四海而会于此者，殆天使之然也。吾为师者，亦续前缘，望共勉。"诸生以为然。乃排定座次，简拔能者以为用，杨千钰之辈悉举于此时。

颖善言辩，众皆恐有不及。某生言行轻佻，众不喜。或言其如此如此，颖既怫然，立召其而叱之，其声闻于远近。诸官有疏慢者，亦自训之。自是班风大肃，无敢逆者。又数召有职者而咨以班中诸务，或咨白身以纪。但有违令者，无不知也。众皆惧而敬之。时濂玉以学业之故，上表请辞。颖即召其于室，谓之曰："尔有志之士也，吾亦识之。既怀志，当以胆魄为先，力争万人之首。此吾所以提汝也。汝德已有之，才亦备矣，当以大器为重，以前途为正。汝意欲重治学，也善。先有基本，后图远谋，此雄才之虑也。当勉之。"濂玉拜服。后值其倾覆，颖一力维之，其心乃住，后得成功。

壬辰冬后，颖愈觉眼疾之苦，后不可当，乃于癸巳春告假，自赴京治理。一经去后，众初不敢轻动，后数月，乃窃喜，以为无可管束者。时代其任，以柔道之，诸生以学业为重，而其纪愈涣。濂玉尝任纪委，未及数日，管而不效，辄怒，曰：“安得无法无纪至此！”因自请离职，曰：“纪者，班之本也。无纪者虽有能，其堪任大事乎！今自颖师去后，乱纪至此，而余不能束之，自觉惭颜，非才广德具之辈，不堪此重任。请黜某职，以贤能者代也。”准之。班纪之涣，由是可见矣。癸巳秋，颖乃返。既返，辄以整纪治风为要，吏要平者，多遭惩戒。尝召濂玉至室训之，前后凡一时。自是人人皆惧，不敢多言矣。

颖长于治班，多命众议群臣之过者，轻则惩，重则立黜。选吏多举贤者，你我相荐，能者为用。班委之上尽良实，其下亦有智能之士为公用。后又诏令众生，议定班规。一旦而出，众皆遵之。若有思其不明及怀怨不满者，或上书而诉之，或面告，颖俱听之，取善者而从。虽如此，甚恶谤议者。尝曰：“诸位有心有不满及他议者，尽可言之，有理即从，非罪也。然当面不言，而谤讥于后者，盖为己之私愤而置大势所不顾者也。此等人也，吾恶之甚。但有此者，定行重责不赦。”由是言路广开，表里如一焉。

或有不满其严者，常曰：“此禁锢之法也。”更有逆之于公者。濂玉曰：“是何意哉！颖者汝师也。敬师者，人之本也。尔何以逆之为能哉？且为此何益于汝？听吾一言，速当改之，非贻他时而悔焉。”二人不从。虽常有此，而拥其者亦众。盖为诸生年亦长，非惟囚缚，亦欲自谋焉。今颖以诸生幼，虽毫末之事而必细究，多有遭斥而怨怅者。此其亏一焉。虽如此，颖为人师，桃李盈九州，亦可称师之范也。

濂玉曰：韩颖少怀志，长而自立，为人师者，十有三载，此千古师者之心焉。昌黎言："师者，所以传道授业解惑者也。"今观颖无愧于此。非惟授业，亦长于治班，以治授兼工者，古来鲜矣。其识贤而助能，开言路之门，明者也甚。虽有从严之时，然一般为首者，非严何以治班？非厉何以建威？是以敬者众焉。以此观之，颖真良师也。

晚秋赋

雨霁初明，河汉转清。维朔寒之相侵，渐草木之凋零。水凝波，山转形。万物生而有序，一二孤影。残翠褪也，黄花堆也，不忆月旬旧情？惜乎哉北雁，年反而不闻秋声！

残夕烟霏，断桥徙倚；生之所念，无绪悲喜。泠泠乎秋水微波，淅淅乎霡霂几多。斜晖落焉，何言复生？忧心至焉，不可断绝！望远道而思归，吟残星而不寐。人之所爱，百年复谁？惜自酌而倾杯，恨斯人欲心颓！

嗟乎！秋也，乃伤也。不见千古悲歌，万言难掇？枉度阡陌，不知阡陌几多；心存沧海，不念沧海扬波？人尽有志，予亦欲凤翼，奈何冷月团团，广寒凄凄？非时运之不济，非人事之凄罹。独伤残月，谁见一怀气血？惜也往矣，恨也往矣，忧无绝时，可谓感怀伤讽而跂足独望矣！

已矣乎！隳事者人也，非事也；成事者人也，非天也。有志无求，则空有十年而百年尽休，谁言独哀而伤秋？东流无尽，序令始而复周；北风无情，改尽江山太旧！少年徒伤，则耄耋亦哀；耄耋哀之，而生来耄耋能几何哉？是以余吊之。余之不鉴，是俟来人之吊余也。

群英赋

余有此作，是贻交大诸生也。

群英生，四海逢；风从虎，云从龙。会有天门之勇，济济心同。志在广才，意在纵横，情在日月，心在长虹。江山锦华而美艳，尽入广胸。德备也，智至也，一展才学，百年留声。

南海鹓鸰，北翔在途；非醴不饮，非梧不居。君如翔凤，历练才英。翂翂焉，翙翙焉，不辞万里。兰蕙发而德馨，瑶草盛而意青。有志摩天，鳞张飞腾。铁骑鸣，秋风生。鞴将白马金鞍，志取漠北王庭。

嗟夫！走者为罔，游者为纶，飞者为矰。其龙也，善潜于九地之下而动于九天之上者，致之者非勤乎！玉生而瑕，金赝而炼；岂非终日勤勉，材人始见？生非颖也，而终致良；性非悟也，而终远翔。美哉乎金玉！

於乎！成人者人也，隳人者人也。使人各持为勤，则百炼可胜；使诚各聚于人，则递十年而二十年事可兴。谁言而难成焉？今有材士，历练见真。须念东隅之早，莫待桑榆之晨。以力行而著者，不济何云？今日一展广才，而后世复来；后世蹈之而践之，亦使万世之梦顿开也。

送五人序

郑中久长，众生新起。天地合造化之精，人境有杰灵之美。丝竹共鸣，高山清水之音；风云并起，雷骖电骈之势。龙啸天阙，凤鸣金门。墨痕犹新，凛然之志常有；纵横非昔，广才之愿永怀。流光吟风，飞云逐日。学贯古今之师者，力耕三尺；情怀天下之锐勇，立名千秋。铭美镌德，四时之花常在；雕勤摹智，三载之愿不空。仁者思友，智者思朋。会见云起，乃得五人。

历当腊月，序属三冬。朔风起而彤云合，银琼飘而长空锁。唯人界之寒梅，傲锋寒之霜雪；望九天之玉龙，隐三生之气血。珠箔浑玉，非苦寒所宜有；琼屑似银，乃历练而见真。

人各有志，心自怀远。沧海廓而无惧，天地广而无诎。冬日斜晖，映余雪而尽红；夜月初明，照九地也如银。寒侵霜冷，心坚人勇。风生水滃，志能复青齐鲁；云蒸霞蔚，势在反照荆南。宏愿与朔风并生，材勇共起凤同翔。白梅无价，唯盛绽以长存；红日有情，复斜光而开世。

嗟乎！一人之心，众知之耳；五人之志，天岂未明？恨飞光也太促，挟余晖而留阴！知之材勇，维旧日之榜首；晓之不倦，望今时之终勉。忆初至而苦砺，觉月旬有甘溢。言犹在耳，今翔凤欲翙翙；容仍于心，昨东流已渐渐。非唯是日，乃创三秋。愿长济而破浪，望锦帆之扬远。人事尽而芳华驻，落叶残而夕云起。子安有义，终有海内之誓；摩诘存情，岂复阳关之望？

濂玉者，非智也，非能也。慕才如渴，望管鲍之诤交；敬贤如宾，爱孔融之满樽。倚微躯仰泰山，俯愚首瞰湖波，非天界之朗星，欲弄墨于文曲。愿尽余宵，再叙阔情；望得深义，复言相慕。子期有缘，会伯牙之妙音；少陵尽幸，览青莲之才情。呜呼！流水难驻，青山成丘。绯云将暮，金乌复晨。人尽衷怀，是为三生之幸；才遇识者，真堪万世之美。敢挥浅墨，是作以贻；怀之以文，晓之以情。莫弃疏才，愿表一念云尔：

松径残雪悲逝秋，离恨缠绵言又休。彤云数点雁横塞，骊歌一曲景生愁。

秋菊落尽一径远，冬梅初绽百花收。银琼纷纷不归去，自将凌云啸斗牛。

五人者谁？蔡宇翔、何天墨、陈卓、周柯彤、杨安妮也。

樱花赋

乙未仲春，三月之初，濂玉与友傍校而游，见群芳俊秀，百草争荣；有新柳之青青，羡桃李之粉红。未几，见一树琼璧，纷然而吐芳者，知其樱花也。冯风失月，如火似荼，疑重雪也。粉蝶来顾，舞翩跹也。其花如银，坠而如琼；缦立群芳，如开新妆。一如太真之容，而不见其踪。

众喜焉。有能歌者即咏之，歌曰："春至兮瑶草天涯，群英缤纷兮欣欣物华。如彼兮奈何，芳落为尘兮空自嗟！"有笛者即起和之，乐音相生，曲怨分明；意逐东流之水，而唤南海之波，幽者实多。凄凄然烟景生色，而风过芳落，俱与一白。和歌者众，其声如泣，如鲛绡之珠，泪痕红悒。

濂玉闻之不得，问其歌者曰："何为斯也？"答曰："夫樱花者，三月而生；沐阳春之初雨，栉微煦之东风，与桃李而竞秀，共群艳以争荣，此何幸焉！盖其花不能期月，而香消玉殒，零落为尘，佳期似水，繁华如云。况吾生之于世也，寓万物之逆旅，为百代之过客，而流光不待，转首已逝。朱颜既凋，青阳逼岁，知其生而有不能，逝而有不复也。太白言浮生若梦者，盖有本焉，何守斯心？且吾侪为半生之夙志，自老觉其未补。春观之与盛阳，秋零落而成土。感暮雨之潇潇，念皓月之楚楚。有才俊以为名，斯愿满乎一生。非造化之灵秀，自长恨于残星。遗终老而自悲，托繁华乎西风。”

濂玉曰：“我知君意也。凡造化之所衍，或得长生，或叹苦短，盖时之转焉。夫蜉蝣虽促，而沐新阳；昙花纵瞬，尚吐丛芳。况吾辈生有百年，较彼樱花，长短可见。彼其生也，一月之期，可以绚烂，百年之长，可谓无憾。志遇才而成谶，良有愿而终行，年计在春，日计在晨。勉之以己心，进之以己能，终绚彩甸，而众人见焉。爱纵逝之毕生，珍佳期之群英；以造物之行藏，勉物我之惺惺。此生而永年之理也，而望余与子之共聆。”

众缄而思，欣然若悟。闲游花间，或自信步。煦风如拭，落英如雨。相与行乎其中，不觉日已正午。

郑中赋

丙申之时，三月正春，诸生咸集郑中之隅。有拂面之杨风，诉久隐之佳许。时有李公书德，皓首广智，德善常行。冠群绝以扬帆，传卅载之正名。景色相临，造化值分；玉兰吐新，桃樱喧纷。念三载之与共，喜新朝逢故人。

于是言笑有加，互咏而歌之。濂玉为《康桥》一曲，律为天作，神似风舞。咏叹而长，声传群芳，众以为绝响。复为班歌，锵然金鸣，填然鼓啸，如雷蛰方兴，锟铻初照。砉然而景有声，而残艳复起，绝而有命，恢如干硎。惊沧溟之潜鲲，抟扶摇为锦鹏。

李公微颔，而喜形于色，曰："气何盛也，力何多也！念尔众生熠熠，独令穹谷回绝，天下湛白！"又曰："夫古之士也，不患力薄，所患无志。志之所向，锋镝尽摧，何复仲蔚朽案，良马不前？既有志以摩天，盍挟气以献言？"

班首对曰："志者，乃一气所发；气者，心之切切也。包举宇宙之大，囊括丝纶之繁，唯心其然也。吾既师公，必得所受，乃天成之翼，虽金石堪镂。明日于世，颠沧溟而镇九州，怀良玉而视地球，夫复何谋！且若秦皇之雄也，履至尊而经纶六合，登大宝而司牧群生；延国祀于后世，开帝业之先声。虽以往而无继，愿承业以立名。目所向兮乐土，耳所闻乎乐声；斯天下已宁定，彼民乐而物丰。知此计也骤远，愿跬步以砺行。”

濂玉复曰：“首公此言器焉。凡成大事者，不唯目视心会，亦有耳闻六路，足致千里。世者，金箧也。其明烨烨，其辉烈烈，盍趋而撷之？况世之风云，动如列缺；开阖而青天换，崩摧而人间别，可知其纷乎？夫欲材也，朝伏案而穷经，暮仰首观星文；观古今之通鉴，知天下之兴沦。虽力薄而言微，余他日之精魂。愿风雨入吾耳，斯无悔于遽尘。此吾生之夙志也，而望引琼于诸仁。”

公喜而笑，共步园里。潜蛟欲兴，雄才初起。花间余响，叶下余水。言有深意，不觉寒斗居北。

第三辑　散文随笔篇

明末农民起义

天下大势，治久必乱，乱久必治。一个王朝的命运亦然，当它的气数终结之时，便会有风起云涌的浪潮一股股地冲击着它，这股浪潮叫作农民起义。

16世纪与17世纪之交，明帝国已经没有了开国时那样的景气，吏治腐败，纲纪废弛。虽然有孙承宗、袁崇焕这样的名臣勉力支撑，但毕竟是大厦将倾，一木难支。正是屋漏偏逢连阴雨，万历四十七年（1619年）的萨尔浒之战中，明军一败涂地，从此东北疆域不得安宁。齐楚浙三党和东林党明争暗斗，再加上关内遭灾，涌现出大量流民，整个明王朝可谓千疮百孔。天启七年（1627年），崇祯皇帝朱由检即位，铲除了祸国殃民的魏忠贤及其党羽，准备以一己之力挽救这个已经陷于危亡的帝国。

然而，好景不长。崇祯元年（1628年），陕西旱灾；崇祯二年，陕西旱灾；崇祯三年，陕西旱灾；崇祯四年，陕西旱灾……

灾荒过后，赤地千里，百姓迫切期盼着朝廷的救济。但是，朝廷官员为了一己私利，克扣赈灾粮款，变本加厉地对百姓敲骨吸髓。于是，人民群众忍无可忍，星星之火最终化为燎原怒焰！

自崇祯元年起，全国各地涌现出大大小小百余支起义军，他们攻州略县，劫富济贫。一时间，明朝统治处于风雨飘摇之中。崇祯皇帝起用杨鹤为三边总制，采用“以抚为主，以剿为辅”的策略，但农民军降而复起，声势愈发浩大起来。崇祯于是起用洪承畴，此人一到任，即对农民军大开杀戒。义军遭受重大损失后，转入河南、山西一带作战。

在此期间，各路义军首领意识到单枪匹马难以有所作为，只有联合作战才能起到良好效果。于是义军逐渐形成了统一的军事体制，推高迎祥为“闯王”，领导农民军作战。

然而，百足之虫死而不僵，明王朝虽然已是江河日下，但军队的战斗力并未完全丧失，再加上官军有着大量的猛将，义军处境十分被动，在豫晋陕三个战场上接连失利。特别是在崇祯九年（1636年）冬，30余万义军被团团包围在武安，险些全军覆没。后来义军通过诈降计，方才冲出重围。

但厄运并没有终止。同年，义军首领“闯王”高迎祥被孙传庭擒获后就义，李自成在洪承畴与孙传庭的夹攻下全军覆没，张献忠也向五省总督熊文灿投降了，全国一时间平静了下来。崇祯觉得民变已平，便将明军主力调至宁锦战场，与清军作战。

崇祯十二年（1639年），李自成复出，进入河南。此时恰逢河南大旱，百姓纷纷响应义军。与此同时，张献忠也在谷城（在今湖北省）起兵，并对明军形成夹攻之势。这时明军正在松山-锦州一线与清军对峙，因而义军的进展十分顺利。

崇祯十五年（1642年），明军在松锦会战中失利，军力损失严重，明王朝回天无力了。李自成、张献忠先后攻克襄阳、荆州、西安，擒获福王朱常洵、襄王朱翊铭、楚王朱华奎等亲王，并在潼关之战中击败明王朝最后的将才——孙传庭。

崇祯十七年（1644年）三月十八日，李自成军攻破北京西直门，城内文武诸臣或逃之夭夭或投降义军。十九日晨，崇祯皇帝在太和殿鸣钟召集群臣，结果再无一人前来。这位孤家寡人便在太监王承恩的陪伴下，来到煤山（今景山）的一棵老槐树下自缢身亡了。临终在衣襟上留言："朕凉躬圣意，有伤天德，死去无颜见祖宗。故去面冠，以发覆面，任贼分割，无伤百姓一人。"

明王朝灭亡了，但战事并未就此停息。同年，吴三桂引导清军入关，与大顺（李自成建立的政权）展开胜利果实的争夺战。大顺军后来与南明政权联合作战，最终失利。清军攻克全境，并于康熙二十二年（1683年）占领台湾，宣告全国统一。至此，明末农民战争结束。

金陵梦

——谈明太祖朱元璋

明王朝，作为中国历史上最后一个汉人建立的王朝，向来充满传奇色彩。而他的建立者——朱元璋，更是后世争论的热点人物。或言功，或言过，众说纷纭。在此，请诸位和我一同走进那段风云往事，去见证一个传奇人物的一生。

从和尚到统帅

回望历史，伟人的童年大多是不幸的，朱元璋也不例外。他生于1328年，那时正值元朝末年，统治黑暗，民不聊生，天下已到了大乱的边缘。他起初的名字是朱重八，职业不过是为地主放牛，最大的愿望是能够填饱肚子。可是天不遂人愿，在他十七岁那年，他的老家凤阳（在今安徽省）遭遇灾荒，赈灾粮款又被贪官污吏克扣，因而百姓的基本生活来源也没有了着落。不久朱重八的父母、哥哥相继死去，为了生计，朱重八到了当地的一所寺庙——皇觉寺，做了和尚。

此时红巾军起义已爆发，“石人一只眼，挑动黄河天下反”

的口号传遍大江南北。起义军攻州略县，极大地冲击着元王朝腐朽的统治。起初，朱重八并没有参加起义的念头，但不久，他收到了朋友汤和的信，说自己已在起义军中当了千户（古代军职，统兵七百以上为千户），邀请朱重八一同参加起义。朱重八看了信后没有做出决定，但次日他的师兄对他说，有人已知道了此事，要去告发他。朱重八在走投无路的情况下去算了一命，结果是“卜逃卜守则不吉，将就凶而不妨”（意思是守在这里或是逃跑都不吉利，去造反可能还没事）。于是朱重八来到濠州（在今安徽省），参加了郭子兴领导的起义军，并以过人的作战能力被郭子兴选为亲兵队长。此时朱重八将名字改成“朱元璋”（“璋”是一种尖锐的玉器，此名的含义为诛灭元朝的利器）。

但是起义军内部并不是铁板一块，郭子兴在击退元军后也陷入了内乱的旋涡之中。这期间朱元璋为了营救被孙德崖抓走的郭子兴，还曾身陷牢狱。可是郭子兴的器量实在令人不敢恭维，他不想看着朱元璋的威望一日日超过自己，便派他带兵攻击定远（在今安徽省）。那里驻守着元军主力，郭子兴此举分明是借刀杀人。可朱元璋在兵力劣势的情况下，运用奇袭的手段，三下五除二击溃了敌军。很快，朱元璋闻说郭子兴已死的消息，便带领着手下的士兵，走上了打天下的路途。

几年间，朱元璋陆续降伏各路诸侯，并在采石矶击溃元朝水军，而后直逼集庆（今南京）。攻下集庆后，他采纳谋士朱升的建议，实行“高筑墙，广积粮，缓称王”的策略。在此期间，他仅仅将集庆改名为“应天”，并设“太平兴国翼元帅府”，对外也只是称“吴国公”。事实证明这一策略非常正确，当时各路起义军纷纷称王建立政权，不得不面对元军的正面进攻。而谨小慎微的朱元璋躲过了元王朝的视线，并一日日强大起来。

但是，争夺天下之路并不是一条平坦的大道。

东征西讨

当时的天下可谓群雄逐鹿，四方豪杰并起。在他们之中，有资格与朱元璋一决雌雄的人不少，陈友谅是其中一个。

陈友谅，本姓谢，原为渔民，后参加徐寿辉领导的红巾军。由于他有文化，又写得一手好字，因此尤为徐寿辉所器重。但在他文雅的外表下，是一颗狠毒而又黑暗的心。

为了夺取天完国（徐寿辉建立的政权）的统治权，陈友谅毫不手软地杀害了徐寿辉，以及倪文俊、赵普胜等徐寿辉的亲信，组建了一支强大的军队，大有与朱元璋一决雌雄之势。

而朱元璋此时的实力实难言之强盛，而且最要命的是，陈友谅的老巢在江州（今江西九江），而朱元璋在应天（今南京）。大家翻开地图就可以发现，从九江顺长江而下可以直通南京，因此朱元璋要想击败陈友谅，就不得不打水战。可是陈友谅的水军实在太过强悍，光是三层楼的战舰就有好几艘，而朱元璋的战船几乎全是渔船，拿这样的战船与陈友谅对抗，实在无异于以卵击石。

但此时的朱元璋得到了一位军师，而这个人的加入也使战局发生极大的转变。

这个人就是刘基，我们通常称他为“刘伯温”。

刘基“神机军师”的名头果然不是白得的，在他的策划下，朱元璋在龙湾大败陈军，为后来的决战攒下了资本。

而龙湾的失败也彻底激怒了陈友谅，他决心彻底铲除朱元璋。于是，陈友谅出动60万大军，直捣朱元璋的老巢——应天。然而，由于洪都（今江西南昌）的背叛，陈友谅不得不在洪都城下耗费两个月的时间和无数士兵的性命。此时朱元璋也率领20万军队前往救援，两军在鄱阳湖展开决战。

由于实力的差距，朱元璋初战不利。特别是陈友谅手下第一猛将张定边的一次冲锋，差点活捉朱元璋。陈友谅觉得自己必胜无疑，同时为了防止战船颠簸，陈友谅想出一个主意——用铁索把战船连起来（是不是很熟悉）！

这就让人费解了。据说陈友谅和施耐庵是朋友，这么说他应该也认识罗贯中，但陈友谅居然会采取当年曹操的昏招儿。也许是罗贯中当时并未完成《三国演义》，或是写完了忘了给他看看。

朱元璋终于找到了千载难逢的胜机。1363年七月二十二日，朱元璋命令军队采用火攻，重创陈友谅的舰队。此后，由于陈友谅残暴不仁，失去人心，士兵纷纷逃亡。大势已去的陈友谅见状，决定突围。八月二十六日，企图突围的陈军遭到朱元璋军的追击，陈友谅战死，全军溃败。此后，朱元璋攻下江州、武昌，彻底消灭了陈友谅势力。而鄱阳湖之战也作为一场以弱胜强的经典战役而载入史册。

战胜了陈友谅，朱元璋紧接着将矛头指向了另一路诸侯——张士诚。此人本是私盐贩子出身，占据江浙一带，深得民心。但朱元璋为了自己的霸业，决定消灭这股势力。

1366年前后，朱元璋先后派兵攻克杭州、湖州等地，剪除了张士诚的羽翼，随后于十一月包围了张士诚的老巢——平江（今江苏苏州）。

此时朱元璋的实力已今非昔比，但张士诚亦非泛泛之辈。此人曾经在高邮以数万兵马对抗元军的百万大军（注意，这是个实数）长达三个月之久，并击退了敌人。鹿死谁手此时尚不得而知。

经过了八个月的围城战，1367年七月，平江陷落，张士诚被俘后坚决不降，被朱元璋处死。此战过后，苏浙皖这块富饶的土地尽入朱元璋囊中，使得其实力大大加强，已具备了逐鹿天下的资本。

北进！北进！

尽管朱元璋为了霸业而与陈友谅、张士诚开战，但他最终的目标是推翻元王朝。正是在这个黑暗王朝的民族政策下，中原大地满目疮痍，民不聊生，自己也失去了亲人。可以说，朱元璋对元朝有着不共戴天之仇。

但此时元王朝尚处于麻痹状态，对朱元璋的暗中准备一无所知，这也给朱元璋带来了一个很好的机会。

在短暂的休整后，朱元璋军全线出击，从山东、河南等多个方向进攻，目标直指元都城——大都（北京）。面对来势汹汹的朱元璋，元王朝猝不及防，因此吴军（当时朱元璋已自立为吴王）

一路势如破竹。1368年正月初四，朱元璋在应天称帝，定国号为“明”，从此中国历史进入了一个新纪元。同年八月初二，徐达攻克大都，元顺帝逃走，统治了中国大地近百年的元朝灭亡了。

但是朱元璋并没有被胜利冲昏头脑，他清楚地认识到，北元（元顺帝逃到上都，重建元朝，史称北元）未灭，大漠未平，同时在太原尚有十万元军（统帅王保保）没有放下武器。为彻底消灭元朝，他派遣徐达、常遇春、冯胜等将领多次远征沙漠，战果丰硕。元顺帝死后，其子爱猷识理答腊与王保保联手，继续与明朝对抗。后来，王保保病死于漠北，北元领导者脱古思帖木儿迁至捕鱼儿海（今中蒙边界贝尔湖）。为了一举肃清沙漠，朱元璋于1387年派遣蓝玉征讨北元，并于次年在捕鱼儿海一举击溃北元军，俘获士兵、大臣、嫔妃等八万余人，并缴获了元朝皇帝上百年来使用的印玺。脱古思帖木儿逃到了土剌河，被一个名叫也速迭儿的蒙古人杀死，北元宣告灭亡。

凯旋的蓝玉受到了朱元璋的大力表扬，被称为“当代之仲卿（西汉名将卫青）、药师（唐朝开国名将李靖）”，并加封凉国公（公爵）。但蓝玉骄横不法的性格也因此暴露，为后来的“洪武四大案”之一——蓝玉案埋下了伏笔。

朱元璋终于战胜了元朝，他开始着手治理这个新生的帝国。

治国大业

起初朱元璋几乎照搬了元朝的各种制度，包括中书省、御史

台等，并按照元朝的一套班底行事。许多人都以为朱元璋会照着这条路走下去，但是不久后的一场惊天大案彻底颠覆了他们的看法。

这件事后面会提到，我们先来看看朱元璋是如何治国的吧。

朱元璋鼓励百姓开荒。他甚至在《大明律》中规定，只要你在一块荒地上耕种一定的时间，那么这块地就归你了。即便原先的主人找来也没用，我朱元璋为你撑腰。不仅如此，朱元璋还将犯罪的官员发配到田里插秧。在当时，仅仅凤阳（朱元璋的老家）一地，就有一万多名官员在地里干活。这种政策极大地推进了农业发展。

朱元璋采取重农抑商的政策。在明初，商人的待遇很低，他们不能穿绸缎服装，不能做官，不能坐华丽的车子。但是这样一来，一个矛盾点出现了：农民们有权穿纱，但是买不起；商人买得起却不能穿。这个怪圈也让许多人对这一政策产生怀疑。

除此之外，他还宣布减免天下赋税。大凡朝代开国，都要遵循“先撒一把米”的政策，即所谓“将欲取之，必先予之”，以此来得到民心。朱元璋也不例外，但是，当时全国的赋税都降低了，只有一个地方除外，就是张士诚占据过的江浙地区。由于当地百姓支持张士诚，朱元璋十分不满，规定此地赋税高出其他地方好几倍。这一规定直到明中后期才废除。由此也体现了朱元璋有仇必报的性格。

朱元璋实行的治国政策还有很多，这里不一一赘述了。

朱元璋身为皇帝，却事无巨细必亲自过目，他这种兢兢业业的精神，确实让许多皇帝望尘莫及。也正是他的这种精神，使得明朝蒸蒸日上，但同时也加强了君主的中央集权（这与他废除宰相有关）。

洪武四大案

朱元璋是一个喜好权力的人，当他掌权后，便会除掉任何敢于触碰他权威的人，包括当年最亲密的战友。

胡惟庸是朱元璋起家时的一名下属，跟着朱元璋东征西讨，后来朱元璋做了皇帝，胡惟庸也是步步高升。在此期间，胡惟庸逐渐由原先的谨小慎微，变得骄横不法，后来甚至挤走了左丞相汪广洋，独揽大权达七年之久。不仅如此，胡惟庸的亲信遍布朝中，许多高官要员都成了胡惟庸一党。但是奇怪的是，七年里，朱元璋眼看着胡惟庸为所欲为，却保持沉默。看上去不可思议，但实际上有其中的道理。

洪武十三年（1380年），明太祖朱元璋以“谋不轨”罪诛当时宰相胡惟庸九族，同时杀死御史大夫陈宁、中丞涂节等数人。洪武二十三年（1390年），朱元璋颁布《昭示奸党录》，以伙同胡惟庸谋不轨罪，处死韩国公李善长、列侯陆仲亨等开国功臣。后又以胡惟庸通倭、通元（北元），究其党羽，前后共诛杀三万余人，时称“胡狱”。

朱元璋终于动手了，但事情远没有这么简单。

处死胡惟庸后仅仅一个月，朱元璋就雷厉风行地废除了宰相，撤销中书省，中央权由六部（吏、礼、工、兵、刑、户）分管，并直接受命于皇帝。同时，撤销掌管军权的大都督府，分设前、后、左、中、右五个都督府，兵权由皇帝直接掌管。如此大的动作竟然在一个月内全盘搞定，说明朱元璋事先一定有所准备。说到这儿，我们就不难理解为什么朱元璋放任胡惟庸的行为了。朱元璋的权力欲很强，他对于宰相这个职位一直欲除之而后快，但这毕竟是延续了上千年的制度，要废除，也得有个理由。正好胡惟庸的骄横为朱元璋提供了一个很好的理由。

所谓醉翁之意不在酒，是也。

与此案类型相同的是空印案（发案于洪武九年，一说洪武十五年）。起初只是官员为了进京办事时省事而携带盖有官府大印的空白文册，但是被朱元璋知道后，认为官员们“肆意胡为”，因而大发雷霆，杀掉了全国所有存在空印现象府县的主印官，副手充军。这场案件在当时引起了轩然大波，因而作为“洪武四大案”之一而载入史册。

朱元璋最痛恨贪污，所以开国后他规定：贪污60两银子即可处死。可是朱元璋非常小气，给官员们的工资连糊口都勉强。因此贪污现象依旧层出不穷。洪武十八年（1385年），朱元璋接到举报，说户部侍郎郭桓贪污各地粮款，数额巨大。经查实，果真如此。郭桓一伙人贪污的数目，竟达到明王朝一年的国库收入！愤怒之余，朱元璋下令追查郭桓同党，并大开杀戒，以至于最后中央六部每个部最多只剩下三个人。此案可说是朝堂上下无一漏网。

最后是蓝玉案。蓝玉前面提到，是捕鱼儿海之战的功臣，受封公爵。但此后，他也暴露出和胡惟庸一样的弱点——骄横。到最后，朱元璋忍无可忍，加上锦衣卫的举报，朱元璋一举逮捕蓝玉，并查出其同党。此案中大概有一万五千人被杀，搞得朝廷上下人心惶惶。

洪武四大案暴露出朱元璋多疑、嗜好权力的特点，此后他便在这条路上一直走了下去，直到生命尽头。

归宿

应该差不多了。

朱元璋的一生大致如此，虽然有许多地方我叙述得不够详尽，但至少可以反映出他一生的轨迹。

说到这儿，还有一个问题未曾解决——继承人问题。

大家知道，王朝的继承人问题向来是引发流血内斗的重大根源之一，明朝也不例外。朱元璋喜欢太子朱标，并对其着力培养。但是天不假年，朱标于1392年五月十七日去世，留下一个十五岁的儿子朱允炆。此时燕王朱棣（明成祖）跃跃欲试，期待着太子的位置。但是朱元璋对于朱标的喜爱实在过了头，以至于他真的立15岁的朱允炆为继承人。朱棣对此严重不满，并且筹划着夺取皇位。这也直接导致了后来的靖难之役。

但至少在当时，朱元璋做的已经够多了。他拼死拼活地打下江山，之后又耗尽心血去治理它，这无疑给子孙们留下了一笔宝贵的财富。虽然他也存在滥杀功臣、多疑等缺点，但他的功绩任谁也无法抹杀。

人生如梦，一樽还酹江月！

洪武三十一年（1398年）六月二十四日，明太祖朱元璋驾崩。

即便是再多的是是非非，在历史的潮流面前也不过是一片云烟。没有人会用绚烂的色彩涂满自己的人生，但是，在千秋岁月后，我们仍然会给他一个公正的评判。

乱世的雄主，多疑的帝王，霸业的开创者，背负着两座大山的负重者。

我想，这些足够了。

和平与友好

——海上使者郑和

西方国家的历史，大多充满了这些名词：垄断、扩张、殖民、掠夺、贸易……而这一切的发生都逃不开一个名词：航海。的确，有了航海技术，人们才能远渡大洋，去探寻未知的国度和宝藏。同时一些人因走上航海之路而发家致富（如达·伽马）或功成名就（如哥伦布）。但是西方国家的航海行动目的无非两个：攫取无尽的宝藏，疯狂地进行殖民扩张。可以说，西方航海业的繁荣，是建立在无数殖民地人民的血泪之上的。然而并不是所有的国家都是如此，有时候远航的船队到达一个新地区，带给当地人民的不是灾难，而是友好与和平。

胜负之间

明建文元年（1399年）七月，燕王朱棣迫于朱允炆“削藩”行动的威胁，加之自己早已对年幼的朱允炆继承皇位不满，于是在北平（今北京）起兵，拉开了“靖难之役”的序幕。朱允炆立即派出大将耿炳文率军讨伐燕王。双方在北平附近多次交锋。

然而由于耿炳文作战不利，朱允炆的谋臣黄子澄就提议：改派李景隆为南军（朝廷军）统帅。李景隆是开国元勋李文忠的儿子，也是朱棣的表侄子。黄子澄觉得其父李文忠的作战实力堪称一流，儿子应该也差不到哪儿去，然而他错了。李景隆其实根本不具备与朱棣一较高下的实力。更何况朱棣的军队长期与蒙古军作战，战斗力很强，特别是骑兵，堪称精锐之师。而且朱棣本人也善于作战，计谋多端，对付李景隆实在是绰绰有余。

然而此时也存在一个严重的问题，那就是双方兵力过于悬殊。南军有50万大军，北军不过8万人。这样的兵力差距使得朱棣不得不谨慎起来。

建文元年十一月，李景隆连攻北平不下，撤退至北平东20里的郑村坝。朱棣也率军赶到了这里。鉴于双方兵力差距太大，朱棣决定不与南军正面交锋，而是寻找其弱点，一举破敌。于是朱棣派出精锐骑兵“朵颜三卫”对南军大营发起冲锋，并连破七营。然而南军毕竟有人数上的优势，在遭受最初的失败后迅速反应过来，开始与北军交战，双方陷入僵持状态。

这样的局面是朱棣最不愿意看到的，他很清楚，一旦进入消耗战，自己将处于被动。但是此时的局势如一团乱麻，让人理不清头绪，连善于谋划的朱棣在这时也没了主意。

这时朱棣身旁有一个名叫马三保的内侍指出：南军的要害部位就在李景隆的中军，只要中军一动，南军阵脚就会大乱，此时以奇兵左右夹攻，必定可以取胜。朱棣采取了他的建议。果然，南军在北军奇兵的冲击下彻底混乱，李景隆眼见着这仗是没法打了，干脆带兵撤离了战场。燕将张玉乘机包围了攻击北平的部队，一举将其全部歼灭。郑村坝战役以朱棣的胜利而告终。

后来当上皇帝的朱棣想起了这个有勇有谋的内侍，便特地召见他，由于他在郑村坝立下大功，于是赐姓“郑”。又因为此人出生时父母取世道平和、平安成长之意，曾给他取名为和。所以，他此后便改名叫郑和。

这个名字注定将会光耀史册。

寻梦

郑村坝的奇谋为郑和赢得了名望，但同时也让不少人感到奇怪，郑和只是一个小小的内侍，怎么会如此懂得军事呢？这要从郑和的身世说起。

1371年（一说1375年），郑和出生于云南昆阳宝山乡知代村的一个伊斯兰家庭。他的祖父、父亲都是虔诚的穆斯林，并且都曾经乘风破浪，抵达伊斯兰教的圣城——麦加。

大家知道，伊斯兰教有三大圣城——麦加、麦地那和耶路撒冷。这三个地方向来是诸多穆斯林的梦想之地。他们无不想要步入那圣洁的大殿，向着圣石和真主安拉吐露自己的心声。郑和年幼时曾经多次听父亲说起那段难忘而又艰险的旅途，于是也发下誓言：在自己有生之年一定要到麦加去朝圣，完成一个穆斯林的夙愿。

从此，郑和开始学习航海知识，研读关于麦加地区的历史典籍与地理典籍。

然而，就在他朝着梦想迈进的时候，命运却突然给了他重重一击。

洪武十四年（1381年）冬，为了彻底清除元朝在云南的势力，朱元璋派出傅友德、蓝玉、沐英对云南展开了攻势，仅仅半年就平定了云南全境。而郑和的命运也因此而改变——他成了明军的俘虏。

这里顺便提及一下。在这场战役中，明军一位名叫戚祥的将领阵亡，他的死为家里换来了世袭将军职位。之所以此处要特别提到他，是因为他有一个非常有名的后代——戚继光。

但不论怎么说，郑和算是陷入了悲惨的境地。因为当时对待儿童战俘有一个非常残忍的方式——阉割。

于是十一岁的郑和陷入了绝境。梦想似乎已经离他远去了，眼前的生活也是举步维艰，在军营里没有人会把他当作孩童看待，他随时都有失去生命的危险。

但郑和活了下来，并跟随明军四处征战。五年来，他见惯了尸山血海，听遍了金戈之音和马匹的嘶鸣。也正是在这样的环境下，郑和逐渐成长起来。综合他后面的人生经历，我们可以这样说：正是这一段艰苦的生活，成就了后来的他。

逆境出人才，是也。

后来燕王朱棣挑选侍卫时，看中了郑和（当时还叫马三保），便挑选他进入了王府。郑和凭着自己锻炼出来的能力以及军事潜质，得到了朱棣的赞赏，并不断升官。再加上他在郑村坝立下了军功，于是朱棣后来提拔他为内官监太监（四品），地位仅次于司礼监，并为他改名郑和。然而郑和依然没有忘记自己的梦想，后来也证实，他的坚持是对的。

他永远也不会停下追梦的脚步。

扬帆！扬帆！

说起郑和的最大成就，恐怕便是他七下西洋了。按照历史教科书的说法，朱棣派他下西洋的目的是加强与外国的沟通，友好交往，以达成文化上的交流云云。可是，我不得不说明，其实最初朱棣派遣他下海，根本目的并不是对外交往。这是为什么呢？

原来，在建文四年（1402年），朱棣攻陷了应天（即南京，明王朝当时的国都），宫里燃起了大火。大火过后，宫殿一片狼藉，而最重要的是，朱棣最想要的那个人不见了。

人们并没有在大火中找到朱允炆的尸体，那么他究竟去向了何方呢？一时间成了个谜。但是朱棣心里明白：此时此刻无论建文帝是生是死，都必须对外宣布他已经死亡，这样才能绝了那些忠于建文帝的大臣的念头。如若不然，那些刚刚目睹着江山易主的大臣必定不会死心塌地地为自己效力，自己出生入死打下的江山就岌岌可危了。于是朱棣宣布：朱允炆已经死亡，尸体也找到了。这意思就是告诉那些大臣，你们还是死了这条心吧。

但是这件事成了朱棣心头一个挥之不去的谜，同时也伴随着不安。虽然自己已经宣布朱允炆已死，但是现实情况是他生死未卜，万一哪天又跳出来一个“建文帝”，真假且不论，号召力肯定是有的。这样一来就又平添了几分不安定因素。于是，为了查清朱允炆的行踪，朱棣派出了两路人马。一路是一个叫胡濙的人，此人一向沉默寡言。朱棣以寻访仙人为由，暗令他去探访建文帝的踪迹。而胡濙也没有让他失望。十六年后，朱棣得到了他想要的。

这是暗的一路，还有明的一路。考虑到朱允炆可能由海上逃往外国，朱棣决定再向大海派出一支寻访队伍，这个艰巨的任务就交给了郑和。事实上郑和作为一个全能型人才，对航海知识也有相当的了解，再加上他有军事能力，性格坚毅，能成大事。朱棣便指派他去完成这项工作。当然，这次出航的目的不仅仅只有这一个。我们下面还会讲到。

这里首先补充一点地理知识，明朝的“西洋”和现在意义不同。明初以婆罗为界，以东称为东洋，以西称为西洋，故过去所称南海、西南海之处，明朝称为东洋、西洋，暹罗湾之海，称为“涨海”。

公元1405年七月十一日，郑和的船队在南京龙江港起航，开始了他第一次下西洋的航程。他所率领的，是一支在当时世界上少有匹敌的舰队。据记载，舰队中仅长44丈宽18丈的战舰就有62艘，舵杆就长达11米，最大的舰船足足有三层楼高！可算是名副其实的航空母舰了。

那么这次跟着郑和下西洋的有多少人呢？

“将士卒二万七千八百余人。”

看到了吧，这并不像是一支外交兼寻人的船队，倒是有点像后来殖民帝国的船队。然而这支船队用行动告诉我们，他们所到之处，只有和平与安宁。

这次的航线是由南海经过马六甲海峡，进而抵达印度半岛。然而，就在船队浩浩荡荡地行进时，一场意外使他们的航程被迫暂停，而郑和也面临着他人生中的一次重大考验。

事情是这样的：在爪哇岛（今印度尼西亚爪哇岛），有两个各据一方的部落，他们互相攻战。史料记载是“东王”和“西王”。最后“西王”战胜了“东王”。这时郑和的船队正好经过这里，“西王”手下的人没分清敌我，竟然杀了上岸船员一百七十余人。

郑和手下的士兵听说后，群情激愤，纷纷向郑和请愿，说要解决那个“西王”，让他上西天去当他的王。

那么郑和作何反应呢？其实在刚刚听说此事之时，郑和也感到震惊和愤怒。那些船员跟随他出来是来完成远航任务的，是来光宗耀祖的，他们也有家人，也有自己的梦想。然而当舰队凯旋之时，他们的家人却只能沉浸在悲痛中，其中的悲伤可想而知！而且此时郑和的船队有绝对的优势，有大炮、火枪和精锐的士兵。只要他一声令下，士兵们就可以立即行动，为死难的弟兄们报仇雪恨。

但是郑和没有这样做。他下令全军不得妄动，然后派出使者前往“西王”处交涉此事。

这是何等冷静与理智的决断！如果此时郑和贸然开战，确实可以取得胜利，但是这样无异于自砸招牌，不仅偏离了这次航行的目的，同时也会使其他各国对船队来访的目的产生怀疑。那么这次航行的任务就真的无法完成了。

这么说来，朱棣果真是慧眼识人。而郑和也凭借着自己的能力与理智，化解了这次危机。

郑和这边按兵不动，“西王”那边却是吓破了胆。他得知自己手下的人居然杀掉了大明的人时，吓得魂不附体，立马赶到郑和处反复解释，说这次是手下人误杀，求郑和开恩放过自己。同时他又连夜派出使者赶到北京向明成祖请罪。这一切不是因为他们勇于悔过，只是他们明白，凭借明朝的实力，灭掉自己就如捏死一只蚂蚁一般。

朱棣听闻此事后，严词训斥了“西王”的使者，并要求他们向明朝赔偿六万两黄金。两年后“西王”派人送上了赔偿金，却只有一万两。然而朱棣却说：我早知道你们拿不出这么多金子，让你们赔偿，不过是给你们长点记性，难道我大明缺你们这点金子吗？

爪哇人自此之后，年年向中国进贡。

平定了这次风波，郑和的船队接着航行。他们先后经过了苏门答腊、暹罗、孟加拉等地，最终到达了古里（今印度科泽科德）。

古里位于印度半岛西南端，是一个重要的中转站，也是一个富庶的地方。在洪武年间，古里统治者曾经向明朝进贡并称臣。到了永乐年间，朱棣正式给古里统治者颁发诏书，封其为国王，并赐给印章等物。但是诏书写好了，却没法送过去。正好郑和被派遣下西洋，此次郑和出海的一个重要目的就是给古里统治者颁发诏书。郑和宣读了诏书，封其为国王，两国的关系变得更加紧密了。

郑和在古里停留了一段时间，这里物产富饶，民风淳朴，给郑和留下了很深的印象。

为了纪念这次远航，郑和和当地人一起，建立了一块石碑。上面刻着：

“其国去中国十万余里，民物咸若，熙皞同风，刻石于兹，永昭万世。”

1407年，郑和的船队准备返航了。临别前，郑和凝望着这片美丽的土地，向当地人挥手道别，带着满心的感慨和胜利的喜悦离开了古里。

或许是命运的安排吧，古里，它不仅仅是郑和第一次远航的终点，更是郑和传奇人生的终点！

可是返回的路程并不是一帆风顺的。

犯我者必诛之！

要问起海上最令人畏惧的是什么，答案是一定的——海盗。

海盗这门行业，可谓历史悠久了。海上出现人类船只的同时，海盗也应运而生。不少海盗甚至独霸一方，各国海军也对其束手无策（如臭名昭著的爱德华·蒂奇）。

其实海盗在抢劫时也是有原则的，这个原则就是：先掂掂自己的斤两。

可是有聪明的海盗就必定有拙劣的海盗。一时间头脑发热，蚂蚁也敢挡坦克的主也不少。郑和遇到的就是这么一位冲动的兄弟，他的名字叫陈祖义（大家可能听说过）。

说起这位陈祖义，他原本是逃犯，逃到了东南亚一带，后来居然在一个名叫渤林邦国（不好意思，我也不知道这是现在的哪里，大概是马六甲海峡那一块吧）的地方当上了大将。后来国王死了，他干脆纠集了一批海盗，自立为王。从此，马六甲地区多了一头“拦路虎”。

陈祖义经常组织手下的海盗抢劫过往船只，并频频入侵周边小国，在当地算是一霸。郑和对此也早有耳闻，便下令各军做好战斗准备。然而陈祖义却做出了一个让人意外的决定。

他决定向郑和投降。

但凡有点军事常识的人都能看出来，这不过是权宜之计而已，目的在于麻痹郑和。而他最终的目标，是郑和船上无数的金银财宝。在他看来，只要这一票到手了，一辈子就吃穿不愁了！

这样的雕虫小技哪能骗得了郑和。于是，郑和假意答应陈祖义的投降请求，陈祖义窃喜，以为计划成功了。当晚，他便纠集了五千海盗，趁着夜色偷偷摸向郑和的船只。他意外发现，船上的灯火竟然全部熄灭了。于是，陈祖义在一片黑暗中下达了总攻令。

突然，明军船只灯火通明，无数士兵出现在船上，用大炮和火铳射击海盗。

海盗们如梦初醒，想要逃走，但已经晚了。训练有素的明军很快将海盗分割包围，全歼了这批海盗，陈祖义也被活捉。

押解着陈祖义，郑和继续踏上了归国之路，而他留下的，是一个安宁的马六甲海峡。

辉煌再续

1407年九月初二，郑和的船队回到了中国，并带回了许多奇珍异宝，以及前来朝贡的各国使臣。同时，还有陈祖义。

朱棣为郑和举行了盛大的欢迎仪式，宴请各国使臣，并当着使臣的面将陈祖义斩首，也算是让他为大明的宣传事业做出了点贡献。

这一次下西洋使得许多国家知道了在东方，有一个繁荣而又富庶的大帝国。同时朱棣也第一次产生了君临万邦的感觉，他真切地体会到了一个国家的强盛所带来的荣光。的确，明朝在15世纪初正是蒸蒸日上的时期。经过朱棣迁都北京，横扫大漠，再加上朝中治世能臣无数，一时间国库充盈，万民安乐，这也为后来的“仁宣之治”打下了很好的底子。

于是，郑和接着充当着文化交流使者的角色，在此后的永乐七年（1409年）、永乐十一年（1413年）、永乐十五年（1417年）、永乐十九年（1421年），出海远航。最远抵达了非洲的木骨都束（今索马里首都摩加迪沙）、麻林（今肯尼亚马林迪），由于当地为热带雨林，人烟稀少，便返航了。即便如此，郑和在五次航行中，除了大事（如第三次航行前往锡兰迎取佛骨），还做了一些“小”事：

一是总结出新的航线，即从溜山（马尔代夫）经过可绕开风暴区，直抵阿拉伯海。

二是带了许多国家的观光旅行团来中国游览（许多都是国王带队）。

三是带回了中国人向往几千年的神兽——麒麟(其实就是长颈鹿)。

四是收拾沿途抢劫的国家(锡兰山),并把国王抓回中国坐牢。

英国学者李约瑟说:“东方的航海家中国人从容温顺,不记前仇,慷慨大方……他们全副武装,却从不征服异族,也不建立要塞。”的确,当时明帝国的实力,可以说是世界上的领先者。然而就是在这样的条件下,我们的先人们没有恃强凌弱,没有掠夺和杀戮,所到之处只有友谊与和平。大明的船队经过之时,人们不是纷纷躲避、怒目而视,而是夹道欢迎。这也足以证明一点:我们不使用武力,却真正地征服了外族人民的心。

南非的一位政治家说过:“西方人来到我们面前之时,手里拿着《圣经》,我们手里有黄金。后来就变成了,他们手里有黄金,我们手里拿着《圣经》。”

邪恶的掠夺者和善良的救助者是有着本质上的区别的,虽然前者用尽一切方法粉饰自己。

夙愿

然而郑和的辉煌在朱棣去世后便日渐消散了。此时朝廷上下为了争权夺利乱作一团,朱高炽、朱高煦兄弟明争暗斗,没有人会去在意那个曾经伟大的航海计划。但是,郑和不愿意就这样放弃,因为,他的梦想还没有实现。

麦加!麦加!看似远在天边,实则比天更远。在此之前,纵使他已经六下西洋，纵使他已经功成名就，但是少了那一场关键的旅途，人生的价值依旧没有实现。

可是这个年届花甲的老人的看似不切实际的梦想，又有谁会去关注呢?

那就等吧，机会总会来临!

宣德五年（1430年），明宣宗朱瞻基突然找到郑和，让他再下西洋!

郑和有些惊讶，他似乎不太明白眼前的这个年轻的皇帝为什么会突然想起他那个已经过时了的航海计划!

原因其实也很简单，我们从朱瞻基给郑和的诏书中就能看出来：

"朕恭膺天命，祇嗣太祖高皇帝、太宗文皇帝、仁宗昭皇帝大统。君临万邦，体祖宗之至仁，普辑宁于庶类，已大赦天下，纪元宣德，咸与维新。尔诸番国，远处海外，未有闻知。兹特遣太监郑和、王景弘等赍诏往谕，其各敬顺天道，抚辑人民，以共享太平之福。"

一目了然。这位皇帝在坐稳了皇位，安定了国内后，也动起了君临万邦的念头。但是那些海外的"蛮夷"由于离得远，自然消息不灵通，毕竟在那年头你总不能指望古里突然出了份报纸，头条写着"朱瞻基已于×年×月日登基为大明国皇帝"吧。所以说要想让这帮人知道，就得有人去报个信。总之让大家都知道，今儿个轮到我朱瞻基即位做皇帝了!

选谁去呢? 当然是郑和。

于是郑和又一次率领着船队出发了。这一次，船队承载的不仅有大明皇帝即位的消息，还有那个五十余年来的梦。

船队乘风破浪，一路经过中南半岛、印度半岛，将这个消息传递给各个国家。最后，船队沿红海北上，驶向那个郑和朝思暮想几十年的地方。

郑和终于来到了这个地方，虽然他是一个优秀的航海家，虽然他是一个开创历史的人，但在此刻，他只是一个普通而虔诚的穆斯林。

他终于来到了这片梦想中的地方，他终于触摸到了那神圣的圣石，他终于实现了自己的梦想。

这是一次长达五十余年的朝圣之旅。五十年前，梦想开始，五十年后，梦想实现。这正是郑和那传奇一生的轨迹。

但是这一切，也快结束了。

长期的航海耗尽了郑和的体力，当船队行至那个熟悉的地方——古里时，郑和的生命之火燃尽了。

他用一生诠释了梦想的含义，解读了大国的恩威，谱写了不朽的传奇。

其实到这里，我们本应该给这位伟大的航海家一个系统的总结与评价，并概括其一生。但是我想，不用那么多，一句话就够了——梁启超说的。

郑和之后，再无郑和。

记忆的轮廓

——读沈从文《边城》《湘行集》

我放下了书卷。

心中点点思绪一时间汇成潮涌，几乎要喷薄而出。

然而——其中美景与美情，又使我不由自主地镇静下来，去领会、体味那湘西之美。

南国小镇，无比遥远的古朴，保存着原样的山水，淳朴的民风，和那永远不能忘怀的记忆。澄水净如练，两岸的吊脚楼一排排矗立着，一叶小舟，横于江畔，那船中一老一少的谈笑，如今是否依旧？水面上的涟漪，伴着一阵阵悠扬的山歌，引得门前黄狗亦悠然伏地，似乎也沉醉其中了……昔时的几许梦幻，在岁月的年轮中，还能重现吗？

我不知道他独自寓居北京时是否心忆那片故园，亦不晓得他漫游江淮潇湘时做何感想。几十年在历史长河中只是一瞬的闪现，却如照相机的闪光灯一般，记录了曾经与今天。“神女应无恙，当惊世界殊。”试想，神女的“惊”仅仅是惊叹吗？是不是带有更多的惋惜？

抓不住山里的风，就只能任由它扬长而去；留不住水面的

笛声，就只能任其穿透耳膜后飘逸得无踪无影。可记忆偏偏是那样残忍的东西，留不住也就罢了，还非得在人的脑海中划下一道痕迹，印着自己或明或暗，或全或半的余影，叫人无处可寻又久难平复，痛与期望并生，泪眼蒙胧中却总透着不自然的笑意。想来他罹患此疾久矣，然而处处即景所见以及由此凝成的这份回忆录，怕不会让他面对故乡山水微露笑容吧？

吊脚楼下的一叶扁舟，有翠翠凝结一生的守候。日复一日纯真的仰望，看在爷爷的心里是断肠。而今，傩送走了，那只船走了，甚至连记忆都模糊起来。一切都在变，似乎没有留下什么守望的线索与根据。而今的我们，读一读沈从文的作品，品一品朴实的文字，看一眼书中美丽的风光与清新的感情，却照例忽略了沈老蕴藏在作品背后的热情与叹息。

我明白自己年纪尚轻，不可能懂得那份目睹百年沧桑后的厚重。古往今来，每一年几乎都充斥着天翻地覆的变革。这一切过眼而去，如今却只得在无人之时悄悄地取出那昔日的片段，细细把玩，不由得老泪纵横！今天的一切，亦不过是过眼烟云罢了。当我有朝一日也不得不独自回味旧时的温馨，而那一片天地早已湮没于宇宙之间时，又将如何叹息呢？

我读过、品过那份苍凉，却无法领略其中的真谛。

带着难以割舍的情怀，带着北方风沙的记忆，他告别新婚妻子，返回故乡。一路上，雪是亮的，烟是蓝的，冬日的单调在这里绽放出伊甸般的色彩。回忆浸透摇橹人的歌声，却再也不是熟悉的旋律。一路湘行，一场旧梦。梦醒时，天已亮了。

今逢四海为家日，故垒萧萧芦荻秋！

如今，每当我开启那尘封的典藏，映入我眼帘的仿佛不是文字，而是一幅浓墨山水卷轴。品味许久，忽地如置身其中一般。我被蒙蒙的江南烟雨笼罩，山歌如清泉般滋润着我的心——虽然只是虚无，但也足以给我最遥远、最动情的遐思。

要有自己的看法

俗话说，“一千个读者心目中有一千个哈姆雷特”，这话的意思是对于一个人或事物，不同人的看法肯定是不同的。这也就是说，就这个世界而言，每个人的都应有自己的看法。

世间万物之所以多彩，是因为这世上充满了异见与新知。我们每个人看世界的眼睛是不同的，思维也因人而异，那么同样的天地摆在我们面前，我们也定然会发出不同的慨叹。须知这万物之异，异在众人之说。这个人说今年丰泰祥和，那个人却道“天凉好个秋”，也恰好证明一个道理：没有绝对的对错是非。倘使我们众口一言，你说一，我绝不说二，那这世界，怕是要索然无味了。

以上之言论，在历史长河中已被无数次淘洗、佐证。我们且看先秦时期，为何在那时会诞生如此多的优秀文化遗产，出现“百家争鸣”的盛况？全在于那时的人们勇于思索，对于社会有着不同的看法。当我国的封建制度日趋完备，与之俱来的便是对思想的钳制。自秦始皇“焚书坑儒”，汉武帝“罢黜百家，独尊儒术”，武则天时期一度的酷吏横行，到后来明朝开创“八股取士”，清朝大兴“文字狱”……这无一不导致了人们不同看法的销声匿迹。封建社会对于这方面的控制是极其严酷的，不然后世的革新运动（如文艺复兴运动、思想启蒙运动）怎么都从思想方面展开并一步步发展呢。此时我们反观这些时代，纵使有过国泰民安的盛世，又何曾出现过文化的巅峰？几曾使中国迈入新的思想领域？由此可见人们若埋藏了己之看法，那么时代的巨轮，只怕会在大地上迟缓不前。

那么如何树立自己的看法呢？首先要以一个全新的思维去对待一切，将世间万物融入自己的脑海之中，转为自己的见闻。这之间，会产生你自己的见解，这即是你个人的财富了。有些人会问："如果是一个早已被万众认知并接受的事物呢？"不要紧，人们对于此事物的见解，也来源于他们每个人的异见。可能只是某一个看法被更多人认同而已。试举一例：英国物理学家汤姆逊就原子研究领域曾提出"电子浸浮于均匀正电球"的基本模型。这一推论曾经被大众所认同。然而，汤姆逊的学生欧内斯特·卢瑟福却对此充满疑问，他认为原子的构造不应这么简单，应该还存在着可以细化研究的地方。于是，在进行了大量研究后，1919年，卢瑟福做了用α粒子轰击氮核的实验。他从氮核中打出的一种粒子，并测定了它的电荷与质量，它的电荷量为一个单位，质量也为一个单位，卢瑟福将之命名为质子。质子的发现，开辟了新的科学领域——原子物理学，同时也推翻了汤姆逊的理论，使人们更加深入地认识到了原子。卢瑟福也因此成了人们公认的最伟大的物理学家之一。

看法有了，如何表述呢？这并不难。在思考与论证的过程中，我们已为自己的看法收集了不少证据。只要有理有据，又何尝不能向世人大声宣告？有了看法埋藏起来，结果为零。这好比建楼房，草图设计有了，土、石、砖、钢筋、水泥样样俱全，地基已经打好，那么就去盖吧，向世人展现这成果。只要有了论据，有了推理，心一定是坦然且无惧的。这时你说出的每个字，都会掷地有声、富于哲理。

面对无数所谓“不可摇撼的真理”，伟人们无不是以新的见解独树一帜，甚至将人们引入新时代。韩愈生活在中唐时代，那时的诗文，盛行“六朝体”“上官体”等艳丽华美的文风，最受人们推崇。这一风格追求辞藻华丽，对仗工整，往往就失了内容之美。韩愈针对此，提出诗文应重视内容，不应作过分的矫饰与美化。他推崇朴实的先秦散文，拉开了“古文运动”的帷幕，对后世产生了深远影响。明代“公安派”的领军人物“公安三袁”（袁宏道、袁中道、袁宗道），针对以李梦阳为首的“前七子”的复古之风，提出了“出自性灵者为真诗”“性之所安，殆不可强，率性所行”的“性灵”之说。这一派的文风恬适清雅，追求个人真性情，处处透着万物的灵性，在中华文坛中独树一帜。由此可见，新的看法是推动一个时代前进的驱动剂。

当今的社会是百花齐放的社会，我们生活在一个新时代，更要对无数新事物有着自己的一份见解，要充分发扬勤于思考、勇于立异的精神。诚如是，我们的国家将会更加青春，我们的未来将会更加辉煌。

不尽黄河，百年国殇

仲秋时节，黄河已不像从前那样怒涛滚滚，昔日的河床上芦荻萧萧，点染了这一份萧瑟与苍凉。面对这一切，我的心也不曾平静，一路上的跋涉纵然令人疲惫，可此时的情景更让我思绪万千。

回想起1938年6月，面对日寇的逼人气焰，中国军队在连战失利的情况下，决定“以水为兵”，通过掘开黄河大堤来阻止日军的前进。然而，滔滔洪水不仅成了日军无法越过的天堑，更成了中国人民的噩梦。汹涌的黄河水从缺口处咆哮而过，沿河村庄瞬间被夷为平地，上千万百姓沦为灾民，经济损失竟达到10.9176亿元……这不仅仅是人民的痛，更是国家的痛，中华民族的痛。

历史上无数次的黄泛灾害，想来也比不上这次的深切。因为这是一次面对强敌不得不采取的“断臂图存”之举，做出局部的重大牺牲，而换取民族之惨胜。一方面是严重的民族危机，另一方面是千万百姓的生死存亡。孰轻孰重，永远不会有答案。中华民族千百年来都是一个精诚一致、共御外侮的集体，而今却不得不做出“壮士断臂”的决定。我想，不论是当时的决策者，还是全体人民，甚或是后人，都不难理解其中的痛楚与悲哀。

昔日灾难的发生处已经立起了两座石碑，它们对于此事的记载各执一词，也不知还要争到什么时候。几十年来无数过客面对这两座石碑，想必也是思绪不绝。孰是孰非的争论，只怕在华夏大地上会永不止歇。

我并不愿意去深究是非。千百年的历史，是不存在绝对的对错是非的。古人有古人的看法，今人有今人的评论，后人亦有后人的眼光。我只是想，这一切的发生，究竟缘于什么？若非旧中国的积贫积弱，当年的我们又何以会对于外族侵略几乎无招架之力？

人们总是将目光集中于一件事的对错判断上，往往失了最有价值的东西。

当天朝大国的美梦被无情地击碎后，中国人基本上失去了前进的勇气和动力，开始畏惧外国的坚船利炮。从前我们也自夸地大物博，可这一切在侵略者的炮口下不过是灰烬而已，一文不值。于是，这个古老民族不再追求，不再进步，甘于沦为猪羊任人宰割。当外敌入侵时，我们几乎无力还手，到头来竟以“壮烈”的断臂来做这一搏。且不论对与错，作为炎黄子孙的我们，不应该为此感到心痛吗？我相信，伤口不仅在堤坝上，也在这个古老民族的胸膛上。

一个民族的热血是不会流尽的。滔滔黄河水正是我们华夏儿女的热血。经历过那段艰苦岁月，鲜血洗尽了我们的畏惧和懦弱，我们开始懂得反抗，懂得独立，懂得自强。此后的中国，一直走在求索与发展的大路上。也许工业革命的汽笛声并没有惊醒沉睡中的东方雄狮，但是当它的鲜血洗掉了眼前的迷蒙时，它开始感到疼痛，开始觉醒，开始向这个世界发出咆哮。

如今的中国较之从前自然已是天翻地覆，我们也得以继承祖先的梦想，将它发扬光大。我也希望我们这一代人能够从那一部血泪史中读懂些什么，希望经过我们的奋斗，明天的中国将会更加挺立，这个古老的民族将向世界展现势不可当的雄风。到那时，我们回首往事，品味百年来的兴衰成败，也许会多出一份感慨，多出一份更深的体会。

流年如歌，岁月翩跹

——致2014

满斟旧情，相留斜晖，想要将它定格于此时，却不曾想它透过窗檐，在地上洒下点点昏黄，终究不再留恋这世界一步。

我明白飞光太促，一切被它带走后不过留下怅然孑影。金乌玉兔交错间，给予年华的从不是拥有，而是失去。

你来得真快，快到我无法以神伤祭奠过去，快到我连留恋都无绪！

恍惚间岁月的回音仍于耳畔萦绕，夹杂着北风的呼啸，和着弥漫的飞雪。此时青春的路口充斥着茫然，一个崭新的起点，却又似乎通向迷途，而不是通途。

我迫使自己的心安静下来，因为我知道，此刻的我需要思考，需要感悟。

选择的路，就要坚定不移地走下去，不是吗？

我永远记得，那些走过的坦途与沟壑，也忘不了这一载光阴中的拥有和失去。它如同一场旅行一般，给予我无限风光，却总在歧途迷失。我不知道明日的天空是什么颜色，亦不晓得山的那边到底有什么。这一切，也最终沦为记忆中的一个个剪影。曾为之欣喜的希望，伸出手却又幻灭，阴云总是翳蔽了红日晴空，前方的路又显得昏暗了……流连于异样风景，却发现自己早已亡于歧路，不知如何回返。

但这又如何？

我知道无法逃避，即便暴风骤雨！

那些叹息，早随东风而去。无助的呼告，痛苦的挣扎，却湮没于黄沙漫天中。旧日的风华已被时间之轮碾碎，可如今的我仍然要去苦苦追寻，用灵魂祈祷，用生命铸就新的辉煌！

命运即便判了我死刑，那把斩决的利刃依然握在我手中！

于是我笑了。旧的一年的逝去并不意味着失去，它带走了星星，给了我又一次日出。

这时天宇间的暮云渐渐敛了火红，开始泛紫、泛黑，而后消逝了，融入这茫茫夜幕中。

我知道要告别，猛然间心中感慨万千，竟也说不出什么。流年如沙，悄然游走于指尖，泻落如泪水，书写着一段往事。它是一支无言的歌，回旋于我心底，再度唤醒了怅然与叹惋。

这一年，承载了太多记忆。纵使要流逝，纵使不可留，它仍在我的心上，刻下又一道年轮。但此刻，若再有什么留恋，那就让它逐波而去吧。天空太小，若是挤满星星，就没有留给下一个黎明的位置了。

我想，我也将带上这一年的思考与回味，挥手道别流年飞光，转身向未来行进，去探索、书写新的华章。

愿安好，望珍重。2015，等我。

2014年12月31日

致韩老师

敬爱的韩老师：

您好！

朔风正起，银琼飞舞，昭示着新的一年已经来临，您也将迎来自己的又一个生日。在此，九年级一班全体同学向您献上最诚挚的祝福和最真切的感谢！

时光如水，岁月如歌，游走于指尖，倏忽间已不见踪影。我们在慨叹三年时光为何太匆匆的同时，又不得不为各自的未来做最后一搏。然而，不论是现在、明天、甚至更久以后，我想，这三年来的时光也一定会嵌入我们的心间，直到永恒。

三年来的记忆，由太多太多的剪影交汇而成。当初年少，不曾懂得太多，时而茫然。是您的引导，才使得一班精诚共聚，使得三十二颗心熔铸一体，塑造出我们的风貌，创下不朽的辉煌。风雪载途，春华秋实，我们携手共进，唱响属于自己的主旋律。曾经嬉笑，曾经欢愉，曾经苦涩，曾经怅然，曾经坎壈，曾经奋起。您见证这着这一切，相信您，也在享受这一切。

岁月，它并不善解人意，有时反倒显得那样残酷、那样无情。它如江河奔流，带走美好时光，东渐不复回；它如刻刀锋锐，将一圈一圈的年轮刻下，书写着沧桑。但，一个人的青春年华可以逐波而去，而他内心的年轻与幸福，是不会磨灭，且历久弥新的。卅载岁月，也许在您额角留下不起眼的印迹，也许在您的发根处随意洒下几点白，但带不走您永远年轻的心，您永不老去的情，还有我们不改的祝福。

而今，您的再一个生辰，也是我们的又一次成长。您曾为我们一点点的蜕变而欣喜，我们也惊异于自己这三年间的巨变。前些日子，在浏览从前的相片时，我们意外发现，几乎每个人都没逃脱时间的洗礼，但您风采依旧——仍像初时那般，言笑间，看不出流年冲激。是的，也许时光可以流转千载，但记忆会永远定格在此刻。而此刻的一切，都是美好的。

那么就让我们把这份情与祝福封存妥善，在这个日子里把它寄到您心中去吧。我相信您会明白、会感触、会懂得这三年来大家共同凝成的一片坚不可摧的心。不论是今天回荡的生日歌，还是明天可能唱响的骊歌，甚或是未来奏响的凯歌，都将会是我们心底流动的旋律，它们缓缓汇成一股暖流，给这冬日带来温暖，给您与我们的心一次互通，一点真情，一份感动。

愿您事业顺利，一切美满。

您的学生：张贺洋

2015年1月8日

南国情味

岭南烟雨，千百年来不知迷醉了几许人。微霭朦胧，恍若轻纱，又如蝉翼，生出几分画意来。潇潇雨声，似在轻叩旅人心扉，诉说着江南的曼妙与清婉。这一片蕴藏着灵秀与柔绮的土地，是荔枝的故乡。

梦回初夏，草长莺飞，南国的晨雾依旧沁心。呼吸着鲜爽的气息，她成长起来。绿珠垂络，幢幢华盖，俨然昭示着生机。她的枝干不似梅的遒劲，不若柳的翩跹，没有杨的挺立，少了槐的粗壮，细腻盘桓，却无媚态，柔情外露，尚存刚毅。江南的纯情赋予她妍丽，她却在绿叶葱茏中显露出不一样的朝气。

花绽一朝，然后知果。汲取着岭南大地养分的她，似乎也让后世子孙继承了她那份韵味。绿树掩映几片红，她们似有娇怯之情，硬是让这绿锦掩上自己的容貌。新摘荔枝洒点水，微烁红光，着实可人。细细剥开，“瓤肉莹白如冰雪，浆液甘酸如醴酪”（白居易《荔枝图序》），叫人竟舍不得品上一品！她的甘甜，不甚浓烈，而是携裹着清香，蕴含着淡淡芬芳，不知不觉间浸润你全身，清了人心，甜了幽梦，醉了风华。

啊！不知南国的煦风如今是否将你吹拭？不知缠绵的暮雨

如今是否带给你洗礼？你的风采是否依旧？你的情味是否迷醉如是？

“一骑红尘妃子笑，无人知是荔枝来”，杨贵妃的宠恋让你雍容华贵。“锦江近西烟水绿，新雨山头荔枝熟”，张籍的顾眷让你清新自然。千百年来，不知几许红尘过客为你倾倒，不知多少风流雅士为你冠名。他们让你登堂入室，沾尽铅华，穷极俗艳！然而，褪去那美丽的包装，你仍然是你——淡雅依旧，清味沁人，甘美醉心。

荔枝熟了。她的滋味，氤氲于蒙蒙细雨中，在江南大地上升华，化作那点点淡雅，浸润万物；使我的心，如清水般明澈，和这浓浓的南国情味一起，永生于万里江南。

三年，三月，三日

想来再华丽的誓言，也经不住似水流年；再美的承诺，也抵不过岁月变迁。而今再回首，俯视昔日青涩，生发感慨的同时有一丝嘲弄，嘲弄当初的天真与无知。惊回首，兰舟催发；骊歌挽袖，何夜何月映风华？

初见，三年。

那时年少，不曾懂得便匆匆留下誓言，诸如一生相伴，兄弟同行；又如相望永久，一路有你。纵使我们现在会用异样眼光看待这一切，但那时最本真的心，承载着最纯净的情。少年心无瑕，唯可鉴明月。那晚月影朦胧，将这段时光镀上一层柔美，催大地入睡。月色的银相框里，静得没有一丝杂音。唯其安好，今后路长。相见可期，何以复伤？可叹那时不晓得何为缘，或说把它看作一种天命——上天安排，不得不接受。这样的心，不知该说是纯真还是悲哀。

想放下，却又偕行一路，无形的纽带便相伴而生。寻时无迹，分时觉痛。方经离别，而今是再拥有，便不去计较什么年岁日逝，只懂得与身边的人嬉笑怒骂每一天。走吧，这条路上的一切，终究弥足珍贵。

风雨，三月。

就如走到青春岔口，忽地变得茫然了。纵使三月煦风，早春霡霂，也不过点染了这份愁绪。几度浪潮，岁月锋利如刀，刻下的是年轮，削去的是心潮。此时才明白了人生逆旅这一概念，预见了景路尽头，无可回望。而此刻的我们除了握紧双手，别无选择。

都说青春是一首歌，循序渐进后是高潮的回旋澎湃。但当主旋律完结，便只剩下轻音乐的浅诉低吟，伴着一段尾音，终作绕指柔，于风而散。

流水，三日。

也许在三月前尚有千言万语，而今流水落花春去也，相顾之间缄口沉默。留言簿上信笔千言，到了面对面时却说不出口。毕竟要失去，总难与时光抗衡。我们真的很渺小。前路无期，各奔东西；来日方长，相会安知？总以为走过就走过了，毕竟人生太长。但，路过之时，却禁不住又一次回望。

流沙绕指，悄无声息地泻下，游离的思绪得到回归。旧梦孤影，依稀满天繁星，恨难成眠。怅思终日，早已忘了来时的路，星光隐约，牵动一颗不安的心。总有情，却翳蔽在墨色穹庐下，难觅征程。

无人能改变这一切，纵然神伤，纵然叹惋。有时人们不懂珍惜，但历经劫波后，心中总浮升起一片最美好的乐土。可以称之为返璞归真吧！然而值此年少，不敢奢言什么今生来世。也许你独自走向人潮，瞥见夕阳下的孑然孤影，再熟悉不过了。你呼之欲出，却无力再喊，任由他血红的身影渐行渐远。

遥望，有时真的意味深长。它所传达的不只是千言万语，更是内心那种言不明道不出的情感。在不久后，你我彼此遥望，彼此祝福，将对方的影子嵌入魂梦最深处，这样就能永生不忘。

流年静好，岁月无忧。望你我，珍重。

水与人

上善若水，此之谓其义。

我一向对水有种感觉，它本是我再熟悉不过的朋友，却因这种亲近而使我的感情抽象化了——就像它一样，方圆不定，流淌随形，但初心始终不变。这种心心相生的共鸣，恐怕得由它的朋友——桥来给个答案了。

然而此刻的这座桥不过也罢，我还不想因我的生分而搅扰它本应有的宁静。顺其自然吧，也许以后自会有答案。其实朦胧也是种美。

2014年夏，我来到西北边陲阿尔泰山，一弯青月横亘准噶尔和西伯利亚之间，显得自然而宁静。千年前的动荡犹有余音，此刻它却成了山风的偶尔低吟，一缕轻烟挟势而上，融入峰顶的白海；日光若隐若现，洒下一串碎影。青峰微笼淡金，安宁而祥和。虽未至百尺绝巘，我却也不敢高声语，一路轻踱信步，收尽满眼旖旎。我喜欢这种和谐，这种没有纷争，没有顾虑的和谐。

耳边传来水声，这是来自额尔齐斯河的问候。它的母亲，灵秀的阿尔泰，将自己的血脉与它接通，千百年来水声潺潺，微起轻伏，生机勃勃，淌着大漠瀚海，映着铁马胡尘。初见之时，我还捉摸不透它，但它的轻快与跳跃，无疑给这静谧的山色添了几分动感。于是我情不自禁地走了下去。

前路渐阔，时有牛羊成群饮于河畔，也有一些马匹，但都没有鞍辔。不知它生性如此，抑或是它的主人今日慈悲，给予它这可贵的自由？想到这儿，我不禁侧首望了一下自己的双肩。

葱绿的树影漏下一点细碎的日光，湛蓝的天空也仿佛被这河水洗过一般。一切的一切，仿佛梦里，又恍如世间。山与水如同画一般，却又比画来得宛转，来得畅快。以前没敢想过置身画中是什么感觉，事后才想到这一点，又嘲弄起自己当时的痴，竟忘了自己身处何地。名家用笔和水彩作画，而我在用自己作画，融为了它的一部分，恍若时间定格，抛开一切，便什么都不想了，心中只剩下自由——自由，即是永恒。

我入世未深，于哲学所见不过万亿分之一二，自然不敢附会如庄周般栩乎蘧然地化蝶而舞。只是，在额尔齐斯河水声的伴奏下，我内心萦绕的主旋律，似乎移了调数。此刻的一切，我说不出道不明，还是接着走吧。

行进间，似乎觉得山愈发高了，而且正向中央，向我们夹攻而来。这时我的心仿佛涓流撞上一块礁石，若有若无地一跳。于是我下意识地扭头看它。

它似乎也有所察觉，先前那童话般的、田园诗般的柔情万种退去了一些，水更急了，声响也琤琤玐玐起来。我突然想说点什么，可话到嘴边硬是咽了回去，步子却不由自主地加快了。前路茫然未知，期冀与恐惧的合力终究会让勇者选择前进。我不敢自诩为勇士，却也不甘心承认自己会在不久后输掉什么。

可愈发狭窄的山路总挑逗着我方兴未艾的勇气。巉岩林立，脚下仿佛一斧削出的小径，不禁令我心生不安。对面岩壁上的盘羊不时抬头向我问候，似在用它那平稳的身躯从我身上捞取一点自信，人犹如此！我顾不上同它辩驳，因为额尔齐斯河又在催我了，用它那急促的音调。

嗬！“不问号令，但闻人马之行声！”值此夏日，你还想为我上演一出《秋声赋》？算了，且听你的，赶些步伐就是了。

然而我不承想，这样一来，先前的逡巡、顾虑、惶恐，一霎时消退许多，匆匆行过的紧张感取代了它们。当我发觉自己已置身于半山崖上时，猛地听见惊雷般的鸣啸，感觉到一阵势不可当的锐气奔涌而来！前方的路径被山壁挤成了石罅，汹涌的激流仍未止步，而是向着前方呼啸而去，聚一腔豪气，冲向自己的一片天地！

我的心不由得一颤。屹立千年的阿尔泰，不仅有母亲的柔情，更有父亲的坚韧。在她鞭策下的额尔齐斯河，披着柔绮的外表，却在跌宕起伏中一次次淬炼、凝集、聚变、升华。看似寻常的水，在额尔齐斯河这个特定单元里，也焕发出生命的灵气，柔中有韧，奔涌一生！

我微微颔首，凝视着它前进的方向。青铜色的山壁映入水中，增了几分深邃与成熟。这是它向我告别的神色，前路崎岖，更兼临近国界，难以远送。权且把太阳漏下的几点金光作为最后的祝福奉上，不知它笑纳否？

此一去，不论我和它，都不能预料前路休祲。转念一想，人生于世上，行于路上，总盼有人偕行，只是因为充满了对明天的渴慕与未知，对今天的享受与留恋，对昨日的缅怀与追思。天空明灭，却总坚信那一时誓言的力量，并以此寄予无限希望。可人生而有命，谁也没有左右一切之力。今日我们挥手别过，当它冲出国境，历经中亚荒漠，最后冲上西伯利亚平原，投入鄂毕河的怀抱，融入北冰洋之时，倘使它灵性犹在，一定会有万语千言吧？可惜我难以聆听了。

莫愁前路无知己，天下谁人不识君！

我在沉思中抬起头来，满山的绿映托着莹莹的天空，绵延不绝的山峦在宁静中透着希望。我想，水在四大圈层循环，犹如人在六界中轮回，谁也做不到永恒不变。只是，在手中流逝的无数个刹那中，握住属于自己生命的一部分，任凭风雨如磐，多少年后，依旧问心无愧——也许，这即是一种至上无界的永恒境地。

龙凤会

这场会面的深刻影响，怕是两位与会哲人都意想不到的——或许在龙与凤看来，一次激烈思想碰撞出的美艳火花，尚不及自己平生所见的万分之一。

老子素来不解孔子的思想。今日之会，当见教一番，又岂能轻易放过此等良机?

“先生周游列国，传道授业，修订《春秋》，于天下可谓劳苦功高。只是我有一事不明，先生身负绝学，又洞明世机，知道这世潮逆动乃因各国专事杀伐犯上，兼并专权所致。世事之违，违在人心思利，都想着逐取秋时之鹿。您周游列国，想以礼谕各国国君，结果鲜有应者。您觉得您这‘有为’和我的‘无为’相较，孰见高下? ”

孔子语调很平淡：“先师以为‘无为’乃至世之极，此话怎讲? ”

老子有些得意：“《易》曰‘阴阳变易，整体和谐，化生万物’。宇宙，不过是阴阳二气的终极产物罢了。阴阳，即自然。自然本性，就是和谐。顺应自然，无为无念。自然所为即我等所为，自然之变也是世界、我们的变化。一切对眼前利益的贪欲、妄想、痴念，终究是随着依恋的主体一同消灭了。今日之利，他时未必利；今日之害，他时未必害。所以顺应天时，简心简行，远胜过为了一日富贵、虚位薄名而奔走不休。逆天而为，最终还是换不来社会走向的转弯。如此，又有何用？”

孔子淡然应答：“先师所言有理。然社会革故鼎新之际，人心思变。当一个社会内部各要素的碰撞超出其承受限度，势必会引发一场大动荡与大翻覆。这时候，面对社会资源与阶层利益的再整合与再分配，谁又能做到无动于衷？用不义手段得到的富贵，于我而言固然像浮云一样（“不义而富且贵，于我如浮云”），但天下人呢？先时齐桓首倡‘尊王攘夷’，还算是还了周天子一个情面。可后来呢？楚国蛮夷，周天子从未封爵，尚敢自僭称王！包茅不入，昭王不复，何曾将从前的一切放在眼里？先师言及‘无为’，须知这‘无为’也是有条件的。面对利益的驱动，‘无为’的理想犹如纤发一般的缰绳束缚着一匹蠢蠢欲动的烈马，若是仍固守天时不思作为，只怕缰绳一旦断裂，社会的天平彻底倒转，到时再回忆起从前的好，还来得及吗？”

老子微微一笑：“哦？那依先生看呢？”

孔子：“以仁爱人，以礼治世。这是当下的唯一出路。整治这个世界，首先要整治人心。人心不古，这是致乱的根源。当一个人过于强调‘本我’而将他人与这个世界抛在一边，这个社会就成了一座巨大的矿山，在每个人的无厌采掘下伤痕累累，最终根基动摇，埋葬一切。其实，这个世界并非杂乱无章，存在着一些不须明言却自然而然深入人心的道理。每个人都希望得到别人的真情而不是冷眼，每个家庭都希望父母爱子女，子女孝敬父母；国君以礼对待臣子，臣子也忠于国君（“君事臣以礼，臣事君以忠”）。每个个体，其存在的一大标准，就是对于身边的环境提出了自己正当的、天然的、生存必须的要求。‘礼’是社会各方面达到和谐标准的唯一交集，有礼，则度可知；有仁，则义可明。我辗转各国，所言无非如此，却是在为这个时代开出一剂药方，以达到渐进趋善，终归于同的结果。这样的世界，先师也一定会满意吧？”

老子似有所悟，略微满意地点了点头。

“不错，大同世界人人向往。但是先生也提到了，人的私欲膨胀，以及利益再分配的强大动力，改变了世界的走向。人们在甘食美服之后，其作为个体的生存意识，进一步上升为以趋利为核心的群鸟争食。为了远行，人们造出舟舆，后来却成了战场上的利器；为了保卫自己的财产，人们造出了甲兵，却又拿着它去占有别人的产业。何谓进步？人类的不断发展，实际也正是一个物极而反的过程。人人饱暖而居安，这是针对生存而言的最佳高度。为了食更美，人们尝遍山珍海味；为了居更安，人们不惜性命追求锦衣豪舍。一人如此，人人如此，见识到占有的‘利’，就再也不愿守本性的‘真’了。这是人性上天生的裂痕，恐怕难以修复。”

孔子：“莫非要如上古一般小国寡民，诸样美器都没什么用场，人们再不远迁，老死不相往来吗？”

老子：“然也。社会的原始状态，正如初生的婴儿一般，是至为纯洁与美好的。往后的一切，不过是将其暴露在天日之下，任其风化、染污罢了。”

孔子："先生也言及天时，难道万物生长发育不是天时吗？初生的婴儿，倘使畏于世道的多变险恶而停止成长。那么'人'的价值又在哪里？社会的发展与人心的向善并不是水火不容，当人人遵守礼仪，人人以仁待人，在当下的社会实现和谐也非难事！"

老子哂笑："窃钩者诛，窃国者为诸侯！仁义道德出自人心，自然逃不出人的掌控。当一个人披着仁义的外衣做一些不仁之事，还美其名曰'盗亦有道'时，这条准绳去了哪里？更有甚者，田成子以下克上，窃据齐国宗庙，干脆将那一套仁义礼法连同国家机器全搬到了自己家里，为自己服务，又何曾招来一丝报应？左右人心的永远是利益，一切发自内心的活动，无一不是围绕着这个圆心运动的。'仁'与'礼'再美好，也不过是乌托邦式的设想，可远观不可探寻。让人们扔下手中已有的黄金，跟着你去淘金，恐怕难有应者吧！"

孔子："不然。我所言的'仁'与'礼'，看似是对人们追求的限制，但另一方面，通过'仁''礼'的统领，人们手中的既得的、正当的利益就得到了最大化的保障。'仁'，即宽以待人，尊重他人正当利益；'礼'则稳定上层建筑的地基，使其不再发生权力大地震，减少社会利益再分配所造成的不稳定因素。这正如一份人身保险——或者说是社会契约的体现。试想，对于最广大人民群众而言，他们是更愿意人人安定保暖天下太平呢，还是希望这个世界毫无规矩，押上自己的一切，在这场变幻莫测的赌局中像个疯狂的赌徒一般去做无限的追求，或是安于现状，最终在你争我夺中灭亡？我想先师一定可以给出答案吧。"

老子不言，沉默许久，目光转向了案上的《春秋》。

“先生编纂一部《春秋》，想是耗了不少心血吧！”老子顿了顿，若有所思，“那么先生可否见教，为何著此一书呢？”

“不过清世道而正人心，伸大义而置臧否罢了。”

“恐怕不止吧？”老子微微一笑，“先生记得‘吴主助蔡伐楚’一事吗？”

“当然。”

“那么，在此事中，您称吴主为‘吴子’，足见尊敬。但事前事后，您对吴国的称谓，却只是个轻蔑的‘吴’，却是为何？”

“这……”孔子有些语塞，沉默良久。

“让我说出来吧！吴国地处南方，素为中原轻视，故此等‘蛮夷’入不得先生法眼啊！只因此次吴国助蔡国伐楚是为中原分忧（蔡国是周室后裔），去进攻同为‘蛮夷’的楚国，故才难得地受了先生一回赞誉吧！其实，通观《春秋》，先生关于‘华夏’与‘夷狄’的界限泾渭分明，即所谓‘夷夏之防’。而关于‘华夏’的定义也很明确——‘有服章之美谓之华，有礼仪之大谓之夏’（《左传》）。试问，先生的‘仁’与‘礼’难道要宣扬以大汉族主义为核心的民族本位主义思想吗？我想应该不是。既如此，人生于天地之间，这本是自然化生的产物，而人们在生产生活分配中，由于利益的不同，却人为地产生了‘夷夏之防’，把人分为三六九等，这不是埋下了一颗定时炸弹吗？您的‘仁’‘礼’作用于本民族的圈子内，而视‘蛮夷’如寇仇，这正是违背了自然精神。所以晋楚相争，昭王不复，天下之乱，这即是矛盾之一。况且倘使无服章礼仪的‘夷’就是野蛮落后的象征，那么楚国未受封而称王，却能盛极一时，接连与晋、秦抗衡，这又作何解释？”

孔子不语。

“所以说，积极有为的思想终究由人发出，由人实施，也必受人左右。而人心没有不为己的。正因有了人对利益的追逐，社会才渐次发展至今日。它需不断调整，以期符合多数人利益。可是，所谓‘正义’永远是一成不变的吗？当然不是。一台国家机器，当它服务于多数人时，就被认作是合理的。可一旦另一阶层的实力超过了既得利益阶层，而他们又对这台机器垂涎已久，那么正义也就转移到这一方了。由此推论，世上哪一样东西不是彼此转化，有无相生呢？圣贤与盗贼是谁界定的？是人。较之人们的利益取向以及由此衍生出的价值观，我们会有一时之是非论断。然而一个大恶之人披着圣贤的外衣到处行窃，人们对此浑然不知，这一张圣贤的皮，不正是为大盗积累财富的工具吗？况且，圣人能救天下万民于死亡吗？盗贼会窃尽天下之财吗？都不会。因为有自然的力量，死亡与生存均受其支配，我们难以抗拒。”

老子顿了一下，接着说：“人是伟大的，这在于他能站在周转不息的世界上，凭自己的意志力开创出一片小天地。宇宙间就如一个大风箱，你不动或越少动，它就越安静，却源源不竭。越动，风越大，人们站立也不稳。（“天地之间，其犹橐籥乎？虚而不屈，动而愈出。”——《道德经》）所以，先生的‘有为’，我明白了，这是实现一个人存在价值的最佳途径。‘仁’‘礼’的美好蓝图令人神往。只是容我补充一句，不论是华夷文明，还是国家结构，其必定不是一成不变的，一定会在善恶好坏之间转化。也许百年以后，先生的言论会得到后来者的补充，以资时用。在‘有为’的同时，一定要尊重自然。我相信，这个世界倘使是人创造的，只有人的力量能左右它的话，那么一切一定不会是现在这个样子。之所以如此，原因在于自然之力的牵引。它隐于冥冥中，时前时后，难以捉摸，却有着最强大的力量。”

孔子若有所悟。

“是啊，我也承认自己在传播理想的路上多遇坎坷。若是一个人太过于理想主义，就会饱尝现实之苦；若上推至国家、民族，那损失就难以估量了。”

老子笑道：“审时而有为，辩证而立命，这才完美嘛！”

二人沉默良久，孔子开口打破了沉寂：

“你我二人说了这么多，争了这么久，不如各人将心中所想写在手上，只写一字，各自亮出，如何？”

老子：“好啊，那就快写吧。”

二人写于手心，紧握伸出，而后在彼此期待的目光中缓缓展开，不由得相视而笑——原来，老子手中的是“出”，而孔子手中的是“入”。

孔子笑道：“譬如平地，虽覆一篑，进，吾往也（《论语·子罕》）。是之为‘入’。”

老子也笑道：“知其雄，守其雌，为天下溪（《道德经》第二十八章）。道化万物，将出而求之也，是之为‘出’。”

孔子起身，向老子行礼：“幸与先师所见略同！”

老子开怀大笑，挽起孔子的手臂，一同步向屋外，说：“出入相近，儒道相成，华夏幸甚！”

窗外，残夜将尽，晨光熹微映着皎洁月色，安详而暗蕴生机，显得分外和谐。

邙山魂

古语云:“生于苏杭,葬于北邙。”

亘空而来的黄河,生生将华北平原劈作两面,裹挟着的黄土高原的泥沙,和中原大地的沃土完美融合,两黄相遇,尤显浑厚苍劲。它把这颜色传给它的子孙,也染透了广袤的华北黄土地。这是属于中国的色调。

一马平川孟津后,千里沃野东营前。守望这片土地,去感触、去抚摸它的沧桑,是生于中国的一大殊荣。绵延两百余里的邙山,地跨郑洛,横亘于黄河南岸。千百年的相守,千百年的风霜,锻就它深邃的青苍色。我想,如果它有眼眸,怕也是如这嵴一般凝结了岁月。终年不变的黧黑色土地,与这风化已久的山石,勾勒出守望者的轮廓。为之上色的,是千年不变的朔风。烈火炼就钢铁,而这尊由时间打造,由风尘淬炼的铁壁,是为黄河的忠实卫士。

时已入秋,黄河一敛怒涛,开始了平静的诉说。登顶望去,岿然不动的山,与奔流不止的河,一动一静,一张一弛,一奔一收,画面感着实很强。秋尽江南草未凋,此刻北国的初秋却已经带着寒意了,草木凋零,给这本就凝重的山峦添了几分肃杀。面对此情此景，我不发一语，只是静静地望着，望着。

脉搏随河水的流动而起伏，滔滔黄河成了注入我心中的热血。然而它并非排山而来，而是缓缓地流注，因而我并没有一时心潮澎湃，但隐于心内的情已被唤醒。

像谁挥动巨钺斫过一般，留下数道难以掩去的裂痕，嵌于历史深处，而后万川在此汇集，流淌不止，竟成了一条河。啊！当造物之斧拦腰斫就这条大河的印痕，削出青苍北邙的风骨，是否也想到过后世黄水奔腾、朔风劲草的壮阔场面？

闭目凝神，耳边风声渐厉，恍如金鸣鼓啸，又如谁在半空展一面纛，散作红黄蓝白黑五色交辉，天空顿成一幅画轴，以微黄的底色，绘出一幅几千年的风云图卷。瓦釜雷鸣，天下皆兵，盛世四百年散若云烟，大起大落，大悲大喜，大兴大衰，荡涤着万顷中原……楚汉也争，两朝也争，三国也争，多少英雄纵横！记得从前也曾心驰神往，也曾恨自己不能生于金戈，长于战火，书卷上览尽千古豪情，统统被积压在胸中，难吐为快！此刻邙山在西风的锻打下，生出星星之火，一瞬将我包围，步步紧逼，烈烈风起，不由我平静如水！

忽觉一股强劲的气息直刺心扉，猛地睁开双眼，发觉眼前青苍色的石壁不知何时化为利剑，耸立如林，直指青天！黄河为镡，北邙为锷，这鲸吞九州的气势，饶是早已热血沸腾的我也吃惊不小。邙山！邙山！你原来将一腔英气封存，待到风起云涌之时，便排山倒海一样倾泻，如极盛黄河一般奔涌开来，创造另一段传奇！

青铜剑下，散一地残月！

风忽地小了，气定后的山壁凝成了原先的姿态。我手倚汉白玉亭柱，努力使自己平静下来。思索良久，心有所悟。

奔涌数千年的黄河母仪华夏，不仅是因它给予我们民族最初的沃野，更是植根于其两岸的气魄与精节，溶入水中，浸润土地，洒在邙山下。千年的守望，默无声息的汲取，饶是风削雨淋也不为所动。凝重的肤色浸透岁月的风蚀，让多少人望而却步，你风骨依旧。然而沉默不是死寂，西风正起，秋凉正冽，你倏然勃发出如黄河般的激情，向着湛湛青天声发怒吼，四海皆惊！

邙山啊，你是黄河水铸就的，也只有你，才能体悟这份荣光，发扬这份只属于华夏儿女的精神！

想到这里，我微微一笑，俯身捡拾一小块山石，紧握于手中，深感冰凉的同时有一种别样感觉。说不上是幸福，是满足，还是自豪。我想，此刻熔铸在我心中的一切，不仅属于我，更属于黄河，属于邙山，属于我的民族、我的祖国。

日渐偏西，邙山被笼上了一层绯红，与远天融为一体，好似一个跨越千年的梦。它生长着，蔓延着，最终同黄河一起，消失在金红的地平线处……

一路风雨，勿忘初心

该走的总要走，该来的总要来。一次旅行，一场青春，如是而已。

风云翻覆，一岁又除。感慨之外不得不惊于世界已殊。去年8月16日，绿色方阵缓缓行过阅兵场，为从前画下休止符；新的节奏与调数，在军乐嘹亮中，渐已成型，只待我们的来临，赋予它新的生命。

这场轰轰烈烈的交响乐，它的旋律历经了秋雨缠绵，冬雷滚滚，春光明媚，而今是初生夏花，美艳热烈。可我们也晓得，这是第一乐章的完结篇，此后的乐音，总归要移一个调数的。

回首一年风雨，无数篇章掠影，几多往事堪忆。正是它们，凝成了我们的这本纪念册，轻盈的封面，却汇聚了无数场得失，以及无限的翻覆、思索、怀念、追忆。

岁月留给青春的，不是惊涛拍岸乱石穿空，没有高山为谷、深谷为陵的剧变，更像是涓涓细流，无形中将从前的自己冲洗得面目全非，不再棱角分明，成了任人观赏的雨花石。人成各，今非昨，旧的天地一夜反复，困境成为常态，奋笔疾书间无意流去的一点情，历尽千辛万苦终于越过的一道坎，徘徊在迷茫深夜偶然的一束光，还有随风而去的一丝若有若无的叹息。一次成长，一场风雨，阵痛之后是满目狼藉，可梦却碎得浑然不觉，直到你发觉心被划破，在滴血。血从你试图掩饰的指缝间渗出，滴落在路上，指出一条命运的通途——或说，是一次归宿。

改变，谁也逃不开的一个名词，期冀与怨恨共同的母亲。它是一出必演戏，是一门必修课。它很真实，也很残忍。它可以毫不留情地将你捧着的心狠狠砸碎，也可以如磁场般强行将你从轨道中吸离，直到面对一个未知的方向。都说不破不立，可废墟之前的我们，多少也会有些迷惘。

不曾想过这满溢着新生命活力的风雨会把多少人送上九天，或是掩入冥界。早已历经波澜的我们，习惯了分分合合，起起落落，不论怎样，该痛的痛了，该努力的努力了，该变的变了，总算是对得起刚刚迈出的第一步。

在改变中抓住自我，就会无所畏惧，不是吗？

拥有与失去不会守恒，以物而喜以己而悲注定前途渺茫。但在回首过去之时，有些事无法忘记，有些话依然在耳。它们盘旋缭绕，拼出一面明镜。镜子里，是最初的自己。

都说年少轻狂，不解世事。可轻狂里却透着纯真，那是一种未经世俗污染的清高，一份远大而略显青翠的梦想，一点永不屈服的倔强，和一种固执却坚韧的信仰。它顽强到近乎可怕，即便万里河山在它面前也不过黯然失色；它又脆弱到有些无力，只要时光之河的一点冲击便会支离破碎。前景如何，但凭我们。

珍惜最初的梦想吧，那一栏栏照片，一阕阕文字，一幅幅图像，都是它的影子。这本书太沉，每一页都太厚重，因为它承载

着五十六颗朝气蓬勃的心，与一份坚守终生的誓言。王冠之重，不过如此，然而我们擎得住。

任尔风雨，我自岿然。勿忘初心，珍重。

2016年5月28日

墙里花开墙外道

汪洋恣肆的情墨，仿佛鲲排起的飞浪，在旋风的裹挟下，回荡千年，一次次叩问着中国思想哲学史的大门。我远远望去，恍如云里雾里般模糊，远如天阙，耳边但余一点回音，并不吵闹，却一点点蔓延开来，浸透我本应岑寂的心。

千古蝴蝶梦，满篇《逍遥游》。庄子探寻了一生的无我之境，究竟是个怎样的地方？而今也无从得知——不过是被人们当作精神桃花源供奉起来罢了。那是个与世隔绝的虚无永恒之地，无路可往也无迹可寻，莫非千百年来庄子一直躲在了那里？

如果说这些年来的庄子是逍遥托冥，亦鬼亦仙的快乐体，那么送他进入这片乐土的，不是鲲鹏，不是惠子，也不是任何人——只是他自己。

在浮尘中思考无为，在乱世中寻觅自我。作为思想家的庄子，真可谓生不逢时。站在历史车轮的印痕中，他险些忘了该何去何从。巨浪滔天，逆之无存，而自己在做什么？螳臂当车的无谓之举，到头来无非形神皆碎，皮骨无存！高岸为谷，深谷为陵，风云翻覆，这一切亟待一双“有为”的手收拾重组并臻于一体，而自己又做了些什么？又能做些什么？

思绪在天地间翻腾，瓦釜雷鸣的时代与小国寡民的理想碰撞出并不美艳的火花。他呼风唤雨，扬起纷纷冰雪，却在过于炽热的土地上烟消云散。人皆有为，人有必为，你奈之何？

于是他关上心门，“曳尾于涂中”，开始构造自己的一方天地。他是造物主，他是设计师，他要挥洒，他要恣意而为，他要任性地摹画那片与世相违的精神天地。他狂想、幻化、飞腾、挣脱，在这里，他是鲲鹏——鲲鹏亦不足道也！遨于虚空，游于无穷，再无羁绊，只有无边无际的自由——何其壮美！

窗外一声雷鸣，闪电划破了死寂的夜空，也传入了他苦心营造的精神躯壳。沉梦复醒，回到人间，喜耶？悲耶？

他是自知者，也是洞察者。他无奈，却也任性。别人把思维当武器，他把思维当砖瓦，构建了水火不入的一方高墙。墙里花开几度，任尔墙外来往。你不闻有花，花不闻有你。

肉体上的隐遁，却换得精神上的逃逸。他不是出世者，却在身后千年逍遥畅游。现实与理想被他撕开一道裂痕，躯体与灵魂被他划清界限。峡谷回转，高山无踪，他的眼前是一小片天地，心中却有一整个世界。

小隐于野，中隐于市，大隐于朝，那么庄子呢？

铁血与文明的碰撞

——从《大秦帝国》中读中华原生文明

《大秦帝国》是著名学者孙皓晖于1993至2008年间创作的一部长篇历史小说，它系统地、全面地反映了秦帝国时代的历史风貌与社会变迁，是一部着眼于“秦”这个朝代的长篇历史著作。关于小说创作的目的，孙皓晖在题记中说得很明白——献给中国原生文明的光荣与梦想。当下不少人认为，中华文化的根源是儒家思想，是包容谦和温顺的仁爱观念。但是孙皓晖提出了不同观点，他认为中华文化在秦时奠定基础，其核心应该是秦帝国所推崇的铁血精神，法制文明，是一种积极的，刚性为主柔性为辅的品质。在中国几千年的历史发展中，它虽然被“尊儒”的口号淹没，但始终潜移默化地影响着中华文明发展的走向。孙皓晖选择了另一种视角审视几千年来的中华文明史，并以追根溯源的历史责任理念打出了“为中华文明正源”的旗帜，由秦帝国，这个中国历史上具有里程碑意义的时代，开启了另一条寻根之路。不可否认，就作者生活的时代而言，其研究不仅仅面向过去，更是为那个时代下的中国寻求一剂文明良药，从古典文明中找寻当下中国发展的精神指导。

何为“原生文明说”

孙皓晖在他的另一作品《中国原生文明启示录》的序言中，阐释了“原生文明”的含义：一个国家、一个民族，在它由涓涓细流汇成澎湃江河的历史中，必然有一段沉淀、凝聚、锤炼、升华、成熟并稳定化的枢纽时期。这个枢纽时期所形成的生存形态、生存法则以及思维方式、价值理念、精神特质，等等，都具有极大的稳定性，具有极强的传承性……影响或决定着一个民族、一个国家的生命历史的发展轨迹。由此可见，“原生文明”产生于一个民族文明发展的初期，是该文明的雏形与根基，从而演化出这个民族的独特文明，并直接影响该民族的特性和命运。由此可见其意义。

那么我们的文明最初形态应追溯至何处呢？我认为当是春秋战国时期乃至秦王朝。春秋战国时期是中国历史上一个空前的大动荡、大变革时期。这一时期的变革有两大标志：第一是井田制的瓦解与奴隶制的崩溃，它象征着作为旧势力的奴隶主贵族阶层的衰落，并由此引发权力的再分配与阶级利益重组；第二是思想上的百家争鸣。由于“学在官府”的局面被打破，私学兴起，大大推动了文化的下移与普及，使得民众得以接受教育，这也导致了诸多学派的产生。各学派围绕社会走向、治国政策等问题展开激烈论战，并彼此交融，逐渐形成了中华民族文明的最初形态。

这一时期的百家之说，逐渐在秦的整合下，以法家的“法治”说为主导，以郡县制与皇帝制为政权架构，以封建小农经济为经济基础，并以专制主义与中央集权为标志，华夏文明自此发轫。那么，由我国两千余年的封建史来看，中华文明的土壤无外乎两种主要成分：封建小农经济与专制主义中央集权结构。而这两者皆起于秦，并为后世所沿袭。因此，说秦文明为华夏文明的最初形态毫不为过。

那么秦文明究竟是何种形态呢？孙皓晖在《大秦帝国》中将其描绘为强力竞争，强势生存，改革求变，整合统一，崇尚法制，敬重人才，兼收并蓄的精神，而我将其概括为“铁血精神”。

何谓“铁血”？“铁”即对内实行严格的法制，并以封建地主阶级专政取代旧贵族专政，建立权力高度集中的政权体制。“血”即孙皓晖所言的“强势生存”，以强大的军事力量和战斗意志求得民族与国家的生存，并消灭割据势力走向统一。国家的一切体制均服务于作战，生产与军事紧密结合，带有鲜明的战时色彩，这也是战国之世天下大争局面的产物。自商鞅变法起，“废井田，开阡陌”“有军功者，各以率受上爵；为私斗者，各以轻重被刑”“宗室非有军功论，不得为属籍”。小说中商鞅为树立法制威信，不仅做出了著名的“徙木立信”之事，还在渭水边大开杀戒，一次刑杀七百余违法私斗的秦人部族。太子犯法，商鞅依法惩治其老师嬴虔与公孙贾，而支持变法的秦孝公，更是一怒之下将太子逐出咸阳令其外出磨砺。此谓对内的“铁”。商鞅建立军功爵制度，大大提高了人民参军的积极性与军队战斗力，并为收复河西之地，亲自率军与魏国大战，使秦军战力威震天下。此谓对外的“血”。秦统一后，以李斯为代表的法家人士继续推行“铁血政策”，北筑长城以退匈奴，南击百越，废分封，建立郡县制，严法治国，为巩固新生文明不惜“焚书坑儒”，逐渐建立并完善了中国历史上首个新型封建王朝。然而这个王朝“其兴也勃焉，其亡也忽焉”，短短15年就寿终正寝，留下了它作为华夏文明初创形态的一系列体制。

“铁血文明”存在的意义和必要性

“铁血文明”的意义在于何处?

首先，秦开创的铁血文明，其意义正在于将“铁血”与“文明”两个看似截然相反的词语结合到了一起。正如孔子所言“文胜于质则史，质胜于文则野”，秦文明既因其民族传统与乱世局面而具有刚性、勇敢的一面，又因其统一天下的重任与兼收并蓄的特质而具有流动、包容的一面。这一点，对于我们民族几千年的兴旺发达，无疑是起着极其重要的作用。后世中原经历多次民族大融合与碰撞，但华夏文明的根基从未被斩断，在四大文明古国中一枝独秀，究其原因就在于我们既有刚性的立国品格，敢于同外来侵略勇敢斗争，又有着柔性的包容特质，能够接纳不同民族不同文明，并展示出强大的亲和力。这就是几千年前的秦国留下的文明余影。

然而两千多年来封建社会的主流意识形态掩盖了秦文明的光芒，自汉武帝独尊儒术起，中国思想史上再也没有出现过这样大规模的文明碰撞。虽有佛家思想传入，并为华夏文明所吸收，但不过做了儒学的附庸，而西方历史上所谓“启蒙运动”，在中国更是闻所未闻。我们的原生文明本来具有的勇于变革、不断进步的特质，在后世愈发模糊，以至于柏杨以“酱缸文化”来形容中华文明。

中国千百年来素以统一举世闻名，崇尚定四海、统华夏的功业。那么发轫于乱世的秦文明，其“铁血主义”就会随着世道的安定而渐趋平缓，否则就会激化社会矛盾，这也是秦朝灭亡的原因。由于秦朝的前车之鉴，后世的统治者恐怕刚强的法制会激发群众的反抗，于是抛开了“法”的手腕，改用教化的方式驯化人民。这恰好与自告奋勇教化百姓的儒家一拍即合，儒学成了千百年来中华文化的代名词之一。然而秦文明的精髓，在于“治世不一道，便国不法古”的勇于变革的精神，与刚强勇敢的自立品质。后世君主安于大一统现状，不愿让变革撼动自己的立业根基，又由于天下一统万国来朝，没有对外扩张求生存的动力或者是迫在眉睫的威胁，于是这两点都被有意无意地淡化。董仲舒提出“天不变道亦不变”的口号，让华夏文明的柔性逐渐掩盖了刚性，固守传统盖过了求变维新，以至于后世改革无不举步维艰，哪怕是一些局部的调整（如财政方面）往往也要克服巨大阻力。华夏文明自此开始背离自己原生态的航向，呈现出稳态的、保守的、趋于沉闷的形态。

由激烈碰撞走向相对稳定，这不仅是社会发展的趋势，更是思想文化的发展趋势。中国自西汉以来的封建社会意识形态非常符合这一点。然而由于统治者的选择（不能代表当时的人民），儒家思想开始接管了原本属于法家的阵地，但是儒家思想也在董仲舒之后由原本的复古保守逆时代潮流转为了符合时代发展需要的，服务于封建统治的新形态，并吸收了包括法家在内的多家之所长（如法家的“势治”，阴阳家的“五行学说”），可见此时的儒家尚具有之前所不具备的求变进步精神，因此才能居百家之首。

社会转型期（奴隶社会——封建社会）带来的巨大变动与封建制度的长期稳固所带来的思想固化是有差别的。思想变革往往是社会变革的先导，百家争鸣催生了无数中华文明的精神财富，也为社会转型提供了方向指引。秦国之“铁血文明”起于商鞅变法，在旧的礼乐制度崩坏之后，治世新观念有了充足的产生空间，这足以轻而易举地摧毁井田制的根基。

秦的“铁血文明”对当下的意义

孙皓晖追寻中华民族文明的正源，究竟意义何在？秦的“铁血文明”对于当下的中华民族又有何启示？

贾谊论秦“仁义不施而攻守之势异也”，贾山言秦“赋敛重数，百姓任罢，赭衣半道，群盗满山，使天下人戴目而视，侧耳而听”，后世史学家论及秦，更是当头甩出一顶“暴秦”的帽子而鲜有认真论述。苏洵《六国论》：“诸侯之地有限，暴秦之欲无厌。”久而久之，秦在人们心中成了“暴政”的代名词，加上话本小说，民间故事的流传（如著名的“孟姜女哭长城”），秦的面目近于全非，自然被后世文明研究者所遗忘，或者误解。同时因为秦的短命，它对中华文明的持续影响力也就有限，很少有人从秦的视角看中华文明。这也是孙皓晖“为中华文明正源”的重要原因。

《大秦帝国》于1993年动笔，至2008年方才告成，前后16年光阴，中国正面对前所未有之变局。从20世纪90年代的苏联解体，东欧剧变，到世纪之交的金融危机，“入世”谈判，刚刚启动改革的中国，面临着多重挑战，几类秦之于战国。改革开放以来，中国文化经历了一个中西碰撞的过程，并绽出多元化的色彩，但由此带来的价值迷失，文化迷失，以及民族意识的弱化等问题，都可能成为经济建设的阻力。当一个民族弱化自己的传统文明，就是削弱了自己的民族凝聚力，无异于自毁文化长城。孙皓晖通过秦文明的探索与再现，展现出我们民族固有的求变图存精神，与面对变局的刚性勇敢品质，从而为我们民族的发展找到文化着力点，凝聚我们的价值观与文化内核。这不仅仅是一个面向历史的问题，更是一个面向未来的问题。

习近平总书记指出，一个国家、一个民族的强盛，总是以文化兴盛为支撑的。没有文明的继承和发展，没有文化的弘扬和繁荣，就没有中国梦的实现。中华民族创造了源远流长的中华文化，也一定能够创造出中华文化新的辉煌。我们的原生文明，正是我们中华文化的根系所在，也是滔滔大河的正源。透过历史的尘埃，从秦文明中找寻属于我们的原生力量，了解我们这个民族的多样文化与强势品质，从而更好地面向未来，迎接强国路上的机遇与挑战。我想，这正是孙皓晖创作《大秦帝国》的意旨所在，也是这次“原生文明之寻”的最终目的。